Michaela Schwarz

Paganini und das Weihnachtswunder

Michaela Schwarz

Paganini und das Weihnachtswunder

Roman

Ehrenwirth

Ehrenwirth in der Verlagsgruppe Lübbe

Originalausgabe

Dieses Werk wurde vermittelt
durch die Literarische Agentur
Thomas Schlück GmbH, 30827 Garbsen

Lektorat: Regina Maria Hartig
Satz: Bosbach Kommunikation & Design GmbH, Köln
Gesetzt aus der Adobe Caslon
Druck und Einband: GGP Media GmbH, Pößneck

Printed in Germany

ISBN 978-3-431-03725-8

5 4 3 2 1

Sie finden uns im Internet unter:
www.luebbe.de

»Alles in der Welt ist merkwürdig und wunderbar
für ein paar wohlgeöffnete Augen.«

José Ortega y Gasset

ERSTES KAPITEL

Als Martin aus dem Haus trat, stürzten zwei schwarze Krähen auf der gegenüberliegenden Straßenseite vom Dach herab, als seien sie für den Himmel zu schwer geworden. Erst im letzten Moment fingen die Vögel sich und landeten auf der Plane eines Lieferwagens. Er schloss die Augen. Dann warf er den Schlüssel in den Briefkasten, wie er es dem Hausverwalter versprochen hatte. Die Wohnung war leer, die Möbel verkauft; den Rest, den niemand haben wollte, hatte er an eine Familie aus Kasachstan verschenkt, die erst vor einer Woche in Hamburg eingetroffen war.

Er nahm kein Taxi, sondern ging zu Fuß zum Bahnhof. Sein Koffer war nicht schwer, auch wenn sich darin alles befand, was er noch besaß. Viel war es nicht: Kleidung, Briefe, ein paar Fotografien und ein Tonband mit Annes Stimme und dem Klang einer ihrer Geigen. Vor hundert Jahren mochten Auswanderer so, mit dunklen, entschlossenen Gesichtern, zum Hafen gewandert sein, in Gedanken schon ganz weit weg, in New York oder Sydney. Er war zu nichts entschlossen, nur dazu, nicht mehr in dieser Stadt zu leben und an Anne zu denken.

Auch sein Atelier in Eimsbüttel hatte er verkauft, mit allen Geräten und Kameras. Mit dem Geld würde er eine Weile über die Runden kommen. Nur eine Kamera hatte er behalten, eine Leica aus den fünfziger Jahren, die sich gar nicht für schnelle Bilder eignete; er wusste nicht, ob er sie wirklich jemals wieder benutzen würde. Am liebsten wäre er eine Zeitlang mit verbundenen Augen durch die Welt gelaufen.

Vor dem Bahnhof wurde ein großer Weihnachtsbaum mit bunten Kugeln geschmückt. Anscheinend waren in der Nacht ein paar heruntergefallen. Ein Mann, der auf einer Leiter an dem Baum lehnte, rief ihm etwas nach und lachte dann, doch Martin achtete nicht darauf. Viel Betrieb herrschte nicht auf dem Bahnsteig, als er in den Zug stieg. Ein regnerischer Dezembertag war angebrochen, kein Tag, an dem man gern verreiste. Der Zug war beinahe menschenleer. Ein alter Mann saß allein in seinem Abteil; er hockte am Fenster, einen gelben Schal um den Hals, als fahre er schon seit ewigen Zeiten durch die Gegend. Dabei war der Zug erst in Hamburg eingesetzt worden und hätte eigentlich ohne Passagiere im Bahnhof ankommen müssen.

Martin machte sich nichts aus alten Leuten. Manchmal, wenn die Geldnot besonders groß gewesen war, hatte er auf goldenen Hochzeiten fotografiert, hatte sich von Kindern, die auch schon jenseits der fünfzig waren, weitschweifig erklären lassen müssen, wie er ihre betagten Eltern ins Bild setzen solle. Es stimmt, dass die meisten alten Menschen rochen, dass sie etwas an sich hatten, was einen an Dinge erinnerte, an die man nicht erinnert werden wollte. Er meinte nicht den Tod, sondern Alter und Krankheit und den Wunsch, alles im Leben richtig gemacht zu haben.

Der Alte schaute ihn nur kurz an. Er sah nicht wie die Alten aus, die Martin von den langweiligen Hochzeitsfeiern kannte. Er hatte langes schlohweißes Haar und trug einen engen schwarzen Anzug mit schwarzer Weste. Außer einem abgewetzten großen Lederbeutel, den er auf seinen Knien balancierte, schien er kein Gepäck zu haben. Lediglich ein schwarzer Geigenkasten lag auf der Ablage über ihm.

Ausgerechnet eine Geige!, dachte Martin.

Der Alte nickte ihm kurz zu, als Martin auf dem schräg gegenüberliegenden Sitz des Abteils Platz nahm. Um ihm nicht zu nahe zu kommen, verzichtete er auf das Privileg, am Fenster zu sitzen. Er hatte ohnehin nicht vorgehabt, sich wie ein gewöhnlicher Reisender die Gegend anzuschauen. Also schloss er die Augen, während der Zug sich langsam in Bewegung setzte. Als Kind hatte es ihm gefallen, wenn er mit seiner Mutter und seiner Halbschwester in die Ferien gefahren war, meistens nur für wenige Tage nach Holland ans Meer. Zu mehr hatte das Geld nie gereicht. Früher, in der Kindheit, hatte es Aufregung und Abenteuer bedeutet. Doch nun floh er vor dem Meer; selbst Hamburg lag zu nahe an der Nordsee. Eigentlich hätte er bis in die Wüste fahren müssen, aber auch der Weg nach München, quer durch Deutschland, war weit genug. In München hatte er vor ein paar Jahren einen Auftrag gehabt. Er wusste trotzdem so gut wie nichts von der Stadt; ihm reichte die Gewissheit, dass es dort nicht nach Salz und Meer riechen würde. Er würde sich in einem billigen Hotel einquartieren und seine Zeit vergeuden und Anne vielleicht irgendwann vergessen.

Mit geschlossenen Augen bemerkte Martin, dass auch von dem Alten ein Geruch ausging, aber nicht nach Alter und Schmerz, nach durchgelaufenen Schuhen und schlecht gereinigten Kleidern. Nein, er roch beinahe wie ein neugeborenes Kind, nach Haut und einer milden Seife. Oder nein, es duftete im Abteil auch ein wenig nach Zitrus, so als säße er nicht in einem Zug, sondern irgendwo im Süden unter einem Zitronenbaum. Hatte der Alte ein besonderes Parfüm benutzt? Oder gab es Menschen, die sich mit Zitronensaft einrieben?

In Bremen stieg niemand zu. Martin blieb mit dem Alten allein im Abteil.

Als er zu ihm schaute, schälte der Alte einen Apfel. Er tat das langsam, mit solch gemessenen Bewegungen, als vollziehe er eine sakrale Handlung. Seine Hände waren groß und stark geädert. Zog er trotz seines hohen Alters als Musiker durch das Land? Spielte er die Geige noch, die er bei sich führte?

Bedächtig schob der Greis sich die Apfelstücke in den Mund. Dann schien er sich plötzlich an den Mitreisenden zu erinnern. Er schaute Martin mit seinen weichen blauen Augen an und hielt ihm das letzte Stück hin.

Obschon Martin hungrig war, lehnte er ab.

»Vielen Dank«, log er, »habe ausgiebig gefrühstückt.«

Der Alte lächelte nachsichtig, als durchschaue er diese Lüge. Dann kramte er in seinem zerschlissenen Lederbeutel und holte eine winzige silberne Kanne hervor.

»Trinken Sie!«, sagte er; es war eher ein freundlicher Befehl als eine Aufforderung. »Sie sehen aus, als könnten Sie einen Schluck vertragen.«

Martin wappnete sich für einen kräftigen Schluck Hochprozentiges, billigen Korn oder irgendeinen Likör, aber was er da trank, schmeckte nach kalten, frischen Früchten.

»Ich trinke keinen Alkohol«, erklärte der Alte mit einer Bestimmtheit, als müsse er auf einen Vorwurf antworten. »Und esse auch kein Fleisch.«

Martin nickte nur und gab ihm die Kanne zurück. Sollte der Alte essen, was er wollte!

Der Geiger schaute ihn an, entließ ihn nicht aus seinem Blick, als prüfe er sein Gegenüber für etwas, eine Aufgabe, die Martin nicht kannte oder noch nicht verstand. Dann runzelte er die Stirn und schob seinen Lederbeutel beiseite. Da begriff Martin, wie alt der Mann sein musste. Über achtzig, schätzte er. Die Haut in seinem Gesicht war nicht nur faltig, sondern rissig wie Pergament. Winzige aufgeplatzte Äderchen durchzogen seine Wangen. Kann sein, dass er auch schon neunzig ist, dachte Martin. Vielleicht saß er ja sogar mit einem Hundertjährigen im Abteil.

»Hätten Sie etwas dagegen, wenn ich ein paar Takte auf meiner Geige spiele?«, fragte der Alte. »Sie wollen nicht reden, und meinen Ohren ist ein wenig langweilig.«

Seinen Ohren war langweilig? Wollte der Alte ihn veralbern?

Martin nickte höflich, während er gleichzeitig überlegte, ob er sich nicht einen anderen Platz suchen solle. Aber dann fiel ihm keine gute Begründung dafür ein, und wortlos wollte er sich nicht davonmachen.

Behutsam, als wäre sie ein lebendiges Wesen, holte der Alte seine Geige aus dem Kasten und legte sie sich auf die Schulter. Um spielen zu können, musste er ein wenig nach vorn rücken. Allein seine Haltung zeigte, dass er ein Könner war.

»Wissen Sie, was mich manchmal ein wenig traurig macht?« Der Alte schaute Martin über seine Geige hinweg betrübt an. »Ich denke an all die Musik, die Mozart nicht geschrieben hat, weil er viel zu früh gestorben ist. Nun schweben diese wunderschönen Weisen ziellos durch das Universum, weil niemand mehr da ist, der sie einfangen kann.«

Martin nickte erneut, ein verlegenes, bedeutungsloses Nicken, weil er nicht recht verstand, was der Alte da redete, aber der achtete gar nicht mehr auf ihn. Er strich ein paar Takte, ein kurzes, freudiges Lied, als würde da jemand über eine Wiese hüpfen, während neben ihm eine graue norddeutsche Landschaft vorbeirauschte.

Dann, als Martin schon im Takt mit dem Fuß wippte und es ihm beinahe gefiel, dass jemand in einem fahrenden Zug Geige spielte, brach der Alte ab und nahm sein Instrument von der Schulter. Er legte die Geige in den Kasten zurück und starrte auf seine Hände, als seien sie ihm plötzlich fremd geworden. »Es geht nicht mehr«, murmelte er in sich hinein. »Ich höre ein anderes Lied in meinem Kopf, doch diese alten Hände spielen es nicht. Sie wollen nichts Neues mehr spielen.«

Bekümmert zog er sich auf seinen Sitz zurück und starrte hinaus.

Martin schwieg; nicht einmal das Kompliment, das er dem Alten eigentlich für sein Spiel hatte machen wollen, brachte er über die Lippen.

Der Zug hielt in Osnabrück, und für einen flüchtigen Augenblick erwog er tatsächlich, auszusteigen und seine dürftigen Pläne zu ändern. Anne kam aus dieser Stadt. Hier hatte sie ihm den gotischen Dom, die alten Bürgerhäuser am Markt und den schmalen Fluss gezeigt, der sich durch die Innenstadt wand. Er dachte an ihr Lachen und an ihr Schweigen. Beide hatten am Anfang zusammengehört wie zwei Seiten einer Medaille. In ihrem Schweigen hatte auch immer eine sanfte Heiterkeit gelegen, als könne sie plötzlich aus der Stille heraus loslachen. Aber wenn sie lachte, war es immer, als wäre ihr Lachen nur ein heller lichter Vorhang, und dahinter gab es jede Menge Stille und Melancholie.

Ein junges Mädchen schaute in das Abteil. Es hatte die Hand schon am Türgriff, um einzutreten, bevor es sich anders entschied und weitereilte. Vielleicht hatte sie zu abweisend ausgesehen, ein merkwürdiges Paar: ein alter Mann mit langen weißen Haaren und ein jüngerer, der sie mit düsteren Augen anblickte.

Der Alte hielt nun die Augen geschlossen. Ein Lächeln huschte über sein Gesicht, als habe sich ein angenehmer Traum auf ihn gelegt. Für einen Moment wirkte er mit seinem faltigen Antlitz gar nicht mehr wie ein Mensch, sondern wie ein glücklicher Außerirdischer, der seine Landung auf der Erde erschöpft, aber unversehrt hinter sich gebracht hatte. Tief atmete er ein und aus. Martin beneidete ihn um den Schlaf. Mehr als vier Stunden waren ihm selbst in den letzten Monaten nie vergönnt gewesen; einmal hatte er schwere Beruhigungstabletten genommen, aber da waren nur noch mehr flirrende Alpträume durch sein Bewusstsein geschwebt.

Er hatte niemandem gesagt, dass er Hamburg verlassen würde, hatte niemanden eingeweiht. Verlierer, die aus einer Stadt fortzogen, taten das in der Regel nicht mit Getöse. Wenn er es recht bedachte, war er mit allem, was er in den letzten Jahren getan hatte, zu kurz gesprungen; seine Fotos waren zwar guter Durchschnitt, aber eben nicht die hohe Kunst, die er in ihnen sehen wollte. Und die Kurse, die er gegeben hatte, waren auch nicht dazu geeignet gewesen, sich einen Ruf als brillanter Fotograf zu machen. Anne hatte zu Beginn seine Nachtbilder geliebt: silbriges Licht am Hafen, an den Landungsbrücken oder der Mond über dem Alten Land. Eine Zeitlang hatte er den Tick gehabt, aus offenen Fenstern hinaus zu fotografieren, gleichgültig, was dahinterlag, die Elbe, baufällige Häuser, Glasfassaden, ein Park, eine Kiesgrube, Brachland.

Plötzlich wurde die Tür des Abteils aufgerissen. Martin schrak zusammen. War er in einen Sekundenschlaf gefallen? Ein Schaffner stand in der Tür: Fahrkartenkontrolle. Zu dem Alten blickte er nur kurz hinüber und wandte die Augen gleich wieder ab, so als nehme er ihn gar nicht wahr. Jedenfalls weckte er ihn nicht, um ihn nach dem Fahrschein zu fragen, wie es doch seine Pflicht gewesen wäre. Er begnügte sich mit Martins Fahrkarte.

Der Alte öffnete die Augen genau in dem Moment, als der Schaffner die Tür wieder hinter sich geschlossen hatte. Er schaute Martin mit seinen blauen Augen an, die so jung wirkten, dass sie gar nicht in sein faltiges Gesicht passten, und lächelte. Sollte er tatsächlich ohne eine Fahrkarte unterwegs sein und sich insgeheim freuen, dass der Schaffner ihn übersehen hatte? Der Alte reckte sich, kramte in seinem Lederbeutel und hielt seinem Mitreisenden wieder die silberne Kanne hin.

Dankbar trank Martin von dem erfrischenden Tee.

Etwas an dem Alten verstörte ihn. In der Gegenwart gewisser Lehrer hatte er sich früher gelegentlich so gefühlt; sie hatten die geheimnisvolle Fähigkeit besessen, sofort zu wissen, wer seine Hausaufgaben gemacht hatte und wer nicht.

Martin räusperte sich. Während der Alte ihn stumm fixierte und auch aus der Kanne trank, hatte das Schweigen im Abteil sich verändert. Er hatte das Gefühl, etwas sagen zu müssen, eine Erklärung, wohin er unterwegs war. Doch der Alte kam ihm zuvor.

»Wohin fahren Sie?«, fragte er forschend, während er die Kanne gewissenhaft in seinem Lederbeutel verstaute. »Wissen Sie schon, wo Ihre Reise zu Ende ist? Haben Sie ein Ziel?«

Einen Moment zögerte Martin mit seiner Antwort.

Wie kam der Alte auf den Gedanken, er könne kein Ziel haben?

»Zuerst fahre ich nach Köln«, erwiderte Martin mit förmlicher Stimme. »Und da steige ich in den Zug nach München um.«

Der Greis lächelte. »So?«, sagte er und zog die buschigen Augenbrauen zusammen, als amüsiere ihn diese Antwort.

Irritiert lächelte Martin zurück. »Ich bin eigentlich Fotograf, aber in Hamburg sind meine Geschäfte nicht mehr so gut gelaufen«, fuhr er erklärend fort. Dann verfiel er in Schweigen, als habe er einem wildfremden Menschen schon zu viel verraten. Nur in seinem Kopf liefen die Worte weiter: Ich habe nur noch weißes Rauschen fotografiert, habe auf ein Gespenst gehofft, das sich vor einer Tür zeigt, habe mich vor Regenbogen gefürchtet und bin auf der Flucht vor Stimmen, vor ihrer Stimme, ihrem Lachen gewesen …

»Manchmal tut es gut, auf Reisen zu gehen«, erwiderte der Alte gleichmütig. »Auch ich reise mit meiner Geige durch die Welt.«

»Sind Sie Musiker?«, fragte Martin höflich.

»Musiker?« Der Alte zögerte, als wisse er nicht, ob er Martin ein Geheimnis anvertrauen dürfe. »O ja. Ich mache Musik. Wenn ich will, kann ich wie ein ganzes Orchester klingen.«

Er schien nicht nur zu verschrobenen Antworten, sondern auch zu Übertreibungen zu neigen.

»Was werden Sie in München tun?«, forschte er.

Offensichtlich war es ihm lieber, über Martin zu reden statt über eigene Ziele. Aber was für ein anderes Ziel konnte so ein alter Mensch haben als einen guten, friedlichen Tod?

Der Alte kramte einen Apfel aus dem Lederbeutel und reichte ihn Martin. Feierlich streckte er die knöcherne Hand aus. Goldene Härchen schimmerten auf seinem Handrücken. Diesmal nahm Martin den Apfel an. Er hatte wirklich Hunger.

»Ehrlich gesagt, weiß ich nicht so recht, wie es weitergehen soll«, hörte er sich wahrheitsgemäß sagen. »Ich musste Hamburg aus … gewissen Gründen verlassen, und nun suche ich etwas Neues.« Beinahe hätte er Anne sogar erwähnt.

Der Alte nickte, als sei es ihm in seinem langen Leben auch etliche Male so ergangen. Seine Generation hatte noch den Krieg erlebt und die Wirren und Nöte in den Jahren danach überstehen müssen.

»Vielleicht werde ich in München auch wieder ein Atelier eröffnen, oder ich werde es mit Kunstfotografie versuchen. Ich habe gehört, dass es in München viele Künstler und Galerien gibt. Eine Zeitlang werde ich mich schon durchschlagen können, ohne zu verhungern.« Verblüfft spürte Martin, dass seine Anspannung wich. Seine eigenen Worte flößten ihm auf einmal Mut ein.

Der Alte lächelte. »Ein neuer Anfang ist immer schwer, aber Sie werden es schaffen.«

»Klar«, sagte Martin zuversichtlich und biss wieder in den Apfel, der besonders sauer schmeckte. »Man darf nur den Kopf nie hängen lassen. Muss immer nur nach vorne schauen.« Er hasste solche Allgemeinplätze eigentlich, doch mit dem nächsten ehrlichen Satz wäre er unweigerlich bei Anne gelandet, hätte sein Glück und Unglück mit ihr erwähnt. Dabei hatte er sich fest vorgenommen, nicht über sie zu sprechen; nirgendwo, bei keiner Gelegenheit. Er versuchte doch, jeden Gedanken an sie zu vermeiden. Anne war ein fremder Planet, der nun weit entfernt auf einer ganz anderen Umlaufbahn durch das Universum schwebte.

Der Alte lächelte erneut. Seine Augen funkelten Martin an. »Darf ich Ihnen einen Rat geben?«, fragte er zaghaft. Erst nachdem Martin genickt hatte, fuhr er fort: »Haben Sie schon einmal von alten magischen Orten gehört, Orte, die anders sind? Sie sollten sich nach solchen Orten umsehen, wenn Sie in eine neue Stadt kommen, gleichgültig, wo Ihre Reise endet. Auch in Köln gibt es solche Orte.«

Martins Interesse war geweckt, obwohl er keine Ahnung hatte, wovon der Alte eigentlich sprach. »Magische Orte? Sie meinen irgendwelche Orte, an denen früher heidnische Priester ihre Opfer dargebracht haben?« Er hatte einmal von heiligen Bäumen gehört, unter denen die alten Germanen zu ihren Göttern gebetet hatten. Und im Norden gab es riesige Steine, die früher wohl Opferaltäre gewesen waren.

Der Alte schüttelte den Kopf. Plötzlich wirkte er wie ein Zauberer aus einem Film, der gleich seine große, schillernde Zauberkugel hervorziehen würde. »Ich spreche von

Orten, an denen man gewisse Dinge begreift. Diese Orte sind nur für den magisch, dem sie etwas bedeuten.« Der Geiger lächelte nachsichtig. »Wenn man so wie Sie in eine neue Stadt kommt und etwas hinter sich lässt, dann muss man diesen fremden Ort für sich gewinnen. Man muss zuerst den Tod und das Leben sehen und dann die Brücke zwischen beidem.«

Der Alte hielt inne und strich sich bedächtig über sein langes Haar, als wäre es nur eine Perücke, die zu seiner Verkleidung gehörte und deren genauen Sitz er überprüfen wollte. Martin spürte, dass er selbst für einen Moment die Luft angehalten hatte und sie nun mit einem überraschten Stöhnen wieder ausstieß.

»Den Tod?«, fragte er. »Man soll in einer neuen Stadt den Tod sehen?«

Der Alte nickte, und seine Augen funkelten freudig, als habe Martin endlich etwas begriffen wie ein gelehriger Schüler.

»Aber wo soll man denn dem Tod begegnen?«

»Oh, da gibt es viele Orte. Beginnen wir mit dem naheliegendsten. Friedhöfe zum Beispiel. Früher hieß es, dass Engel sich auf Friedhöfen treffen und natürlich Vampire.« Der Alte kicherte vor sich hin, als habe er sich einen Scherz erlaubt. »Ich darf Ihnen versichern, dass es gar keine Vampire gibt, aber es geht hier ja um Sie. Wenn Sie sich auf Ihre neue Stadt einlassen, dann werden Sie selbst erspüren müssen, wo Sie dem Tod begegnen können. Aber das wird noch die leichteste Aufgabe sein. Denn es ist bedeutend schwerer, dem Leben zu begegnen.« Sein pergamentenes Gesicht verzog sich erneut zu einem Lächeln.

Martin nickte, ohne etwas zu verstehen. Plötzlich dachte er an Anne. Sie hätte diesen Alten kennenlernen müssen; wahrscheinlich hätte er ihr gefallen. Sie hätten zusammen musizieren können. Anne konnte sehr passabel Geige spielen, und wenn sie ganz ausgelassen gewesen wäre, hätte sie vielleicht sogar gesungen.

Der Alte schaute ihn so abwartend an, als erwarte er eine weitere Frage. »Ich weiß, was Sie denken«, sagte er schließlich. »Sie halten es für Unsinn, dem Leben begegnen zu wollen. Leben gibt es da überall. Auf den Straßen rennen Menschen umher, die reden und fluchen und lachen und sind zweifellos lebendig. Oder wenn man nur eine Handvoll Erde in die Hand nimmt und sie unter das Mikroskop legt, sieht man, dass zigtausend winzige Wesen in dieser Erde leben.«

»Bestimmt«, sagte Martin. »Ich bin kein Biologe, aber so wird es wohl sein.«

Der Alte wischte eine Haarsträhne beiseite, die ihm in die Stirn gefallen war. »Doch darum geht es nicht. Es geht einzig und allein darum, was Leben für Sie bedeutet.«

Martin begann aus dem Fenster zu schauen. Von einem Moment auf den anderen empfand er den Tonfall des Alten als aufdringlich. Was redete der da über Gott und die Welt? Warum sollte Martin über das Leben nachdenken? Eigentlich wollte er nichts weniger; er war aus Hamburg geflohen, um eben nicht über Anne, das Leben und den Tod nachdenken zu müssen.

Das Schweigen dehnte sich wie die Landschaft, die draußen vorüberflog. Der Alte lehnte sich zurück und schloss hin und wieder die Augen. Schatten fielen auf sein Gesicht, und manchmal wirkten seine tiefen, regelmäßigen Atemzüge, als sei er wieder eingeschlafen.

Hatte der Alte eine Frau, die ihn am Bahnhof abholen würde? Oder würde da eine ganze Schar von fröhlichen Kindern und Enkelkindern stehen, um den verrückten Vater und Großvater zu begrüßen? Vielleicht war er ja ein berühmter Violinist, der mit großem Hallo in Köln empfangen würde? Ja, vermutlich hatte der Schaffner ihn deshalb nicht gestört. Jedermann kannte den Alten, den Wundergeiger, der mit Karajan und allen Großen der Welt gespielt hatte; nur Martin war seine Berühmtheit entgangen, weil er erst durch Anne zur Musik gefunden hatte und sie sich nur für junge Musiker interessierte, die genau wie sie erst am Anfang ihrer Karriere standen und zumeist in zugigen, wenig einladenden Sälen ihre kleinen Konzerte gaben.

Nachdem sie Düsseldorf hinter sich gelassen hatten, schlug der Alte die Augen wieder auf. Er schüttelte sich kurz und sah sich um, als müsse er sich vergewissern, wo er sich befand. Wieder hatten ein paar Reisende fragend in ihr Abteil geschaut und waren dann weitergegangen, als hätten sie nicht stören wollen.

»Die Brücke dazwischen«, sagte Martin, als hätten sie ihr Gespräch nur kurz unterbrochen, »was soll diese Brücke zwischen Leben und Tod sein? Ich habe noch nie gehört, dass es solch eine Brücke gibt.«

»Sehr gut«, erwiderte der Alte und brachte es fertig, freundlich die Stirn zu runzeln.

Vielleicht ist er ja Dirigent, fiel Martin ein, der es gewohnt war, mit einem großen Orchester zu arbeiten, das ihn nicht immer verstanden hat.

»Nun kommen wir zu dem entscheidenden Punkt. Wie sieht diese Brücke aus? Die Verbindung zwischen Tod und Leben kann nur aus Energie bestehen, aus positiver Energie, wohlgemerkt. Also, Sie ahnen es schon, ich spreche von Musik. Nichts anderes ist diese Brücke.« Mit seinen großen Händen deutete der Alte auf seine Geige, als hätte er sie eigens mitgebracht, um zu zeigen, was man sich unter Musik vorstellen muss.

»Musik?«, fragte Martin angestrengt.

»Ja, darum geht es doch. Kennen Sie einen Menschen, der sich nichts aus Musik macht, den Musik nicht bis in sein Innerstes berührt?«

»Nein, ich glaube nicht«, erwiderte Martin, ohne die plötzliche Heiterkeit des Alten zu begreifen.

»Das ist doch der Beweis, dass Musik diese Brücke ist. Nun müssen Sie nur noch die Musik finden, die für Sie gilt. Dann sind Sie schon am Ziel.«

Für weitere Fragen blieb Martin keine Zeit mehr. Über den grauen, eiligen Rhein fuhr der Zug soeben in den Kölner Bahnhof ein. Der mächtige Dom tauchte linker Hand vor ihnen auf.

»Sie können natürlich auch in den Dom gehen und eine Kerze anzünden, wenn Sie einmal Rat brauchen«, sagte der Alte, als er Martins ehrfürchtigen Blick auf die

Kathedrale bemerkte. »Aber es wird nicht so viel helfen. All diese Unruhe im Dom! Da müssten Sie sich schon einschließen lassen, um eine ganze Nacht für sich allein zu haben und die Musik der Stille zu hören.«

Auf seine Bitte, die Martin zur eigenen Verwunderung vorbrachte, notierte der Alte ihm unbeholfen und kaum leserlich mit einem Bleistiftstummel, den er aus einer Westentasche gekramt hatte, seine Adresse auf ein Stück Papier. Dann zog er die Geige von der Gepäckablage, und gemeinsam verließen sie das Abteil.

Martin hatte vor, genau zu beobachten, von wem der Alte abgeholt wurde, doch obwohl der vor ihm aus dem Zug stieg und mit seinem Geigenkoffer ein wenig schwerfällig war, verschwand er im nächsten Moment im Getümmel auf dem Bahnsteig. Hilflos schaute Martin umher, wandte den Kopf, fand ihn jedoch nicht mehr. Lediglich einen schwachen Geruch von Zitronen konnte er noch wahrnehmen. Er packte seinen Koffer und hetzte die Rolltreppe hinunter, um den Bahnsteig zu verlassen. Diesen Weg musste auch der alte Mann genommen haben.

Statt auf seinen Zug nach München zu achten, der von einem freundlichen Ansager angekündigt wurde, schob er sich an den vielen Reisenden vorbei in Richtung Ausgang. Da, auf der Treppe zum Dom, entdeckte er den Alten wieder. Erstaunlich leichtfüßig sprang er die Stufen hinauf, sein gelber Schal und sein schlohweißes Haar wehten im Wind, den Geigenkasten hielt er leicht in der linken Hand. Vielleicht freute er sich, wieder zu Hause zu sein. Gebührend empfangen aber hatte ihn offenbar niemand: keine Frau, keine Kinder oder Enkelkinder. Mit seinem Koffer, der allmählich immer schwerer zu werden schien, lief Martin dem Alten nach.

Zu seiner Überraschung eilte der Greis nicht am Dom vorbei, sondern schritt geradewegs durch einen Nebeneingang in die Kathedrale hinein. Martin folgte ihm hastig, doch obwohl er kaum zehn Schritte hinter ihm die Drehtür passierte, war der Alte verschwunden. Nirgends konnte er ihn zwischen den umherwandelnden Besuchern ausmachen. Es war, als habe der Dom ihn verschluckt.

Hinter der mächtigen Kathedrale hatte man einen großen Weihnachtsmarkt aufgebaut. Musik wehte aus mehreren Ecken herüber. Es roch nach Glühwein und gebrannten Mandeln, doch nach nichts stand Martin der Sinn weniger als nach klingenden Glöckchen und sentimentalen Weihnachtsliedern.

Enttäuscht, den alten Geiger verloren zu haben, kehrte er in den Bahnhof zurück. Warum war er ihm überhaupt gefolgt? Er wusste es nicht. Eigentlich schämte er sich sogar; wie ein Hündchen war er ihm nachgelaufen. Und was wäre passiert, wenn der Geiger ihn entdeckt hätte? Er hätte ihn für aufdringlich halten können.

Als Martin die Bahnhofshalle betrat, war sein Zug nach München bereits seit fünf Minuten abgefahren. Nun war er also in Köln gestrandet, der Stadt seiner Kindheit, aus der er auch allein davongelaufen war. Fast zwanzig Jahre hatte er hier gelebt. Seine Mutter war hier begraben, und irgendwo lebte noch seine Halbschwester, die er eine halbe Ewigkeit nicht mehr gesehen hatte.

ZWEITES KAPITEL

Martin quartierte sich in einem kleinen Hotel hinter dem Bahnhof ein. Die Worte des Geigers schienen ihn zu verfolgen: dem Tod und dem Leben begegnen und die Brücke zwischen beidem finden. Immer wieder las er den Zettel, den der Alte ihm gegeben hatte, studierte die kantige Gelehrtenschrift, als gehöre das Papier zu einer Schatzkarte oder als enthielte es eine geheime Botschaft. Dabei standen da nur, mühsam zu lesen, ein Name und eine Anschrift: *Jakob Michaelis, Severinstraße 33*. Nicht einmal eine Telefonnummer hatte der Alte notiert. Möglicherweise war er so altmodisch, dass er gar keinen Anschluss besaß.

Plötzlich kam es Martin gar nicht mehr so sonderbar vor, dass er ausgerechnet in Köln gestrandet war. Anne war verschollen, sie hatte er nicht begraben können, aber seine Mutter hatte eine letzte Ruhestätte gefunden. Nach der Bestattung vor neun Jahren hatte er ihr Grab nicht mehr aufgesucht. Wenn er ehrlich war, hatte er sich immer für sie geschämt. Sie war eine einfache Frau gewesen, erst Zimmermädchen in einem Hotel, später so eine Art Hausdame, die sich um alles kümmern musste. Wenn sie von der Arbeit gekommen war, hatte sie noch etwas zu essen gemacht und war dann meistens erschöpft eingeschlafen. Er besaß nicht viele Erinnerungen an sie. Sie hatte nichts von den Dingen verstanden, die ihm etwas bedeuteten, Kunst und Fotografie. Manchmal hatte er so getan, als hätte er nicht nur seinen Vater nie getroffen, sondern als wäre ihm auch seine Mutter unbekannt. Er hatte sich eingebildet, sich gewissermaßen selbst auf die Welt gebracht zu haben.

Dem Tod begegnen, das konnte vielleicht auch bedeuten, zu seiner Mutter zu gehen, vor ihrem Grab zu knien und ihr von Anne zu erzählen.

Als Martin das Hotel verließ, hatte leichter Schneefall eingesetzt. Der Himmel war von einem trostlosen Grau. Vom Weihnachtsmarkt neben dem Dom klang Musik herüber. In der Weihnachtszeit, fiel Martin ein, hatte seine Mutter sich manchmal ein, zwei Tage freigenommen, doch während andere Mütter Plätzchen oder Zimtsterne buken, hatte sie Kerzen gegossen, gelbe und rote Kerzen, die sie dann am Weihnachtsabend ins Fenster gestellt hatte. Vielleicht hatte sie dann an seinen Vater gedacht – und an all die Dinge, die sie geliebt und verloren hatte. Einmal hatte sie sogar einen Engel aus Wachs geformt, der ihm, während er gleichmäßig sein Licht ausstrahlte, wie ein lebendiges Wesen vorgekommen war. Aber meistens hatte seine Mutter für Weihnachtsvorbereitungen keine Zeit gehabt und nur seine Halbschwester und ihn mit Aufträgen eingedeckt.

Kurz entschlossen wandte Martin sich in die andere

Richtung, hinunter zur Uferpromenade, die um diese Stunde seltsam unbelebt war. Wahrscheinlich zog der Weihnachtstrubel alle Menschen an.

Je länger er am Rhein entlangging, desto mehr gefiel ihm der Gedanke, seine Mutter zu besuchen. Wieso war er all die Jahre nicht auf die Idee gekommen? Zum Schluss hatte der Krebs sie ganz klein und stumm gemacht; ein bleiches Gesicht mit großen dunklen Augen, in denen die Angst vor der Krankheit wohnte, und ihre Hände waren fast durchsichtig geworden. Doch ohne ein Geschenk wollte er nicht an das Grab treten, irgendetwas musste er ihr mitbringen.

Blumen? Ja, Blumen waren das Einfachste. Jeder brachte Blumen mit ans Grab. Aber dann dachte er wieder an den alten Geiger. Hätte er Blumen mitgebracht? Nein, gewiss nicht. Er hätte sich etwas Besonderes ausgedacht.

Martin nahm sich vor, den Friedhof erst aufzusuchen, wenn er einen Einfall gehabt hatte. Was konnte er seiner toten Mutter nur mitbringen?

Nachdem sich der leere Sarg in Annes Grab gesenkt hatte, waren zwei Arbeiter hastig herbeigekommen und hatten es zugeschüttet. Hohl klang es, als die Erdkrumen auf das Holz fielen. Anne war ganz woanders, irgendwo tief im Meer. Ein Vogel hatte voller Fernweh geschrien, weit oben in den Wolken. Martin hatte gespürt, dass er nicht weinen konnte, und war eilig vom Friedhof verschwunden, ohne sich von den anderen Trauergästen zu verabschieden.

Anne spielte einen Ton. Das tat sie immer, wenn sie eine Geige gebaut hatte und das Einstimmen begann. Zuerst strich sie zärtlich über das Holz, so als wolle sie das Instrument nun mit einem geheimen Segen aus ihren Händen entlassen, und dann fing sie ihr Spiel mit dem ewig gleichen Ton an. Erst danach, wenn ihr dieser Ton gefiel, setzte die eigentliche Prozedur des Einspielens ein, die mehrere Tage dauern konnte. Ihr beim Spielen zuzusehen hatte ihm das höchste Glück bedeutet. Nie war sie zufriedener als in solchen Momenten, wenn die Geige, die sie gebaut hatte, mehr und mehr an Klangfülle gewann. Vier bis sechs Wochen arbeitete sie jedes Mal an einer Geige. Manchmal dauerte es Wochen, bis sie glaubte, das richtige Holz gefunden zu haben, und dann kam sie stundenlang nicht mehr aus ihrer Werkstatt; sie schnitt und hobelte und hantierte mit ihren Messinstrumenten herum. Alles musste stimmen, Boden, Seitenzargen, Schnecke. Zehntelmillimeter konnten entscheidend dafür sein, wie eine Geige klang, ob männlich oder weiblich. So unterschied Anne die Klangfülle ihrer Instrumente. Manche klangen einfach tiefer, besaßen andere Resonanzen, ohne dass es eine einleuchtende Erklärung dafür gab. Jede Geige war anders; es würde nie gelingen, zwei Modelle so zu bauen, dass sie sich vollkommen glichen, aber manche Geigenbauer vermochten es, eine Art akustischen Fingerabdruck zu hinterlassen, so dass ein Kenner unterscheiden konnte, aus welchem Atelier sie stammte.

Sobald eine Geige fertiggestellt und von ihrem Auftraggeber abgeholt worden war, fühlte Anne die Erschöpfung. Vor diesem Moment fürchtete sie sich bereits, bevor sie überhaupt den ersten Handgriff getan hatte. Mitunter hatte Martin den Verdacht, dass sie nach zwei, drei Wochen langsamer wurde, dass ihr Elan nachließ, weil der Gedanke an diese Leere, die einsetzen würde, wenn sie eine ihrer Geigen dem Käufer übergab, sie ängstigte und lähmte. Sie konnte dieser Leere nie entfliehen, schaffte es immer nur, ein einziges Instrument zu bauen, nie zwei oder drei parallel, als gäbe es da ein Gesetz, das ihr das verbieten würde.

War die Geige ausgehändigt, kam es vor, dass sie ein, zwei Tage lang durch ihre Wohnung lief, nur mit einem Morgenmantel bekleidet, Marihuana rauchte, Gin trank und laute Rockmusik hörte, die sie sonst verabscheute. Dann begann sie auch wieder Dinge zu sagen, die er nicht verstand und die ihn wütend machten.

»Ich bin nur aus Versehen auf dieser Welt«, sagte sie. »Ich kenne mich hier nicht aus.«

Sein Zorn verrauchte jedes Mal schnell. Mit einer Geste und einem flüchtigen Lächeln hatte sie ihn wieder eingefangen. Er liebte es, ihr zuzuschauen, wenn sie am geöffneten Fenster lehnte und an ihrer Zigarette zog oder im offenen Bademantel am Herd stand, scheinbar wahllos irgendwelche Zutaten in die Pfanne warf und etwas kreierte, was sich hinterher als Festmahl entpuppte. Doch auch in so einer entspannten Stimmung sagte sie manchmal aus heiterem Himmel Sätze wie: »Niemand hat mir je erklären können, warum ich auf der Welt bin.« Oder: »Nenn mir einen Grund, warum ich noch Geigen bauen soll! Für irgendwelche mittelmäßigen Musiker, die irgendwo frustriert im Orchestergraben eines Stadttheaters hocken und Angst vor der nächsten Vorstellung haben?«

Martin fotografierte Anne und versuchte ihr viele Dinge zu erklären, die er selbst nicht verstand. Warum war sie unglücklich? Warum konnte sie nicht einfach die nächste Geige bauen und ihn lieben? Warum spürte sie manchmal böse Geister um sich herum? War sie nichts anderes als ein Vogel, der schon mit gebrochenen Flügeln auf die Welt gekommen war?

Einmal, nachdem ihr der Bau einer Geige misslungen war, weil man ihr viel zu junges, nicht richtig getrocknetes Holz angedreht hatte, hockte sie nachts auf dem Fensterbrett, abwesend wie eine Schlafwandlerin. Sie roch nach Leim und Zigaretten und redete. Er brauchte einen Moment, um sich zu orientieren. Mit wem redete sie da? Glaubte sie, er höre ihr zu?

»Ich habe Angst«, flüsterte sie vor sich hin. »Es ist dieser furchtbare Traum, der mich verfolgt. Ich stehe vor einer hohen roten Mauer – aber vielleicht war die Mauer auch nur so hoch, weil ich so klein war. Gesichter waren auf der Mauer, bunte Kreidegesichter, die mir Angst eingejagt hätten, wäre da nicht diese Hand gewesen, die mich hielt. Eine große, warme Hand hatte sich schützend um meine gelegt, aber plötzlich, während ich langsam Zutrauen zu den Kreidegesichtern fasste, war die Hand weg. Sie hat mich losgelassen.«

Erst bei der Trauerfeier, als es längst zu spät war, als alle vor einem leeren Sarg standen und der Pfarrer tatsächlich behauptete, niemand habe sie retten können, erfuhr Martin, dass Annes Traum sogar mehr als ein Traum gewesen war. Sie hatte die Wahrheit erahnt. Sie war ein Adoptivkind; ihre braven Zieheltern, ein Lehrerehepaar, hatten sie zu sich genommen, als sie gerade zwei Jahre alt gewesen war. Vor dem Bahnhof in Osnabrück hatte die Polizei sie gefunden, mit nichts als einem Zettel in der Tasche, auf dem ihr Vorname und ihr Geburtsdatum standen.

Die zwei Jahre ihres Zusammenlebens erschienen wie ein Tag, wenn man dastand und auf ein dunkles Meer hinausstarrte. Zwei Jahre waren wie ein Lied, das rasch verklang.

Als Martin ihren Brief fand, ahnte er das Unglück. Es steckte mehr dahinter; Anne hatte nicht nur wieder einmal ihren Launen nachgegeben.

Ich verschwinde, stand da in ihrer winzigen, gedrängten Handschrift, die stets eine große Hast verriet. *Mein Kopf ist heiser, meine Hände sind heiser. Ich verschwinde aus deinem und meinem Leben. Bitte suche mich nicht!*

Natürlich hatte er sich nicht daran gehalten. Er war sofort losgerannt, um sie zu suchen; er rief ihre beste Freundin an, fragte bei ihren ahnungslosen Eltern nach, fuhr zu ihrem Lehrer, der ihr das Geigenbauen schon beigebracht hatte, bevor sie auf die Geigenbauschule in Bayern gegangen war. Wie ein panischer Vater, der sein Kind verloren hatte, hatte Martin sich gefühlt. Ja, so weit war er mit seiner Liebe und Fürsorge für sie schon gekommen, dass sie ihm in manchen Phasen wie ein hilfloses Kind erschien. Dann, als alles ohne Ergebnis geblieben war, hatte er die Krankenhäuser in Hamburg abtelefoniert. Kurz nach ihrem dreißigsten Geburtstag, wenige Monate bevor er sie traf, hatte Anne sich einmal in die Psychiatrie einweisen lassen. Wegen Schlafstörungen, hatte sie ihm erklärt, aber wahrscheinlich war das eine Lüge gewesen. Doch auch in den Krankenhäusern hatte er keine Spur von ihr gefunden.

Schließlich war er zur Polizei gegangen. Er ließ all den hässlichen Papierkram einer Vermisstenanzeige über sich ergehen, die ein desinteressierter Beamter aufsetzte.

Man könne nicht viel tun, hatte der Mann mit hanseatischem Gleichmut gemeint, wenn ein erwachsener Mensch beschließe, wegzugehen, Zigaretten zu holen, sozusagen.

Martins Ungewissheit hatte zwei endlose, grausame Tage gewährt. Er konnte nicht arbeiten, nichts Vernünftiges tun. Bleiern senkte sich die Zeit herab, tröpfelte wie eine giftige Flüssigkeit in seinen Körper; viele Stunden verbrachte er am Fenster, blickte auf die stille Straße und wartete auf sie, ihre zögerlichen Schritte, wenn sie sich einer geschlossenen Tür näherte, wartete auf ihren Geruch von Leim und Zigaretten, wartete auf ihre zaghafte Stimme im Flur, darauf, dass sie seinen Namen riefe, um sich seiner Anwesenheit zu versichern. Jeder Gedanke an sie bereitete ihm Schmerzen, wühlte sich durch seine Eingeweide. Zwischendurch wurde er wütend, redete auch mit ihr, machte ihr Vorwürfe und nahm sich vor, sie zu verlassen, sollte sie lächelnd mit einer zerstreuten Entschuldigung zurückkehren.

Insgeheim jedoch wusste er es längst besser. In der Nacht hörte er sich das einzige Tonband an, das er von ihr besaß. Einmal hatte er heimlich aufgenommen, wie sie eine Geige stimmte und ein paar einfache Melodien darauf strich. Hätte sie davon erfahren, wäre sie furchtbar wütend geworden. Mit geschlossenen Augen saß er im Zimmer, allein, umspült nur von mattem Mondlicht. Er sah Anne vor sich, ihre typische Haltung; wie sie die Geige hielt, den Kopf leicht angewinkelt, und auf einen Punkt irgendwo in der Ferne starrte.

Am dritten Tag klingelte ein pflichtbewusster Polizist an seiner Tür. Fast wäre es Anne tatsächlich gelungen zu verschwinden, ohne eine Spur zu hinterlassen.

Kinder hatten sie gesehen. Sie hatte ihnen zugelächelt und ein paar Geldscheine zugesteckt, die sie in der Welt, in die sie nun treiben würde, nicht mehr brauchte. Der 2. Juli war ein fröhlicher Sonnentag. Die Menschen gingen ihren Vergnügungen nach: Sandburgen bauen und im Liegestuhl sitzen und ausruhen. Anne war früher mit ihren Adoptiveltern auf Sylt gewesen, sie kannte die Insel. Gepäck hatte sie nicht dabeigehabt, nur ihre Kleider fanden sich am Strand, ein verlassenes Häufchen Stoff, das von ihr übrig blieb. Ein schwarzes Leinenkleid, Unterwäsche, ihre roten amerikanischen Turnschuhe und ein rotes Haarband. Die Kinder hatten ausgesagt, dass sie nicht gezögert hatte. Wie eine erfahrene Schwimmerin, die sich auf eine Abkühlung freut, sei Anne gegen Abend, als die erste Dunkelheit hinter dem Horizont wartete, in die Wellen gegangen und immer weiter hinausgeschwommen, mit kräftigen Zügen, als wolle sie bis zum Ende der Welt schwimmen. Ja, genau dorthin wollte sie auch, bis ans Ende der Welt und ein gutes Stück darüber hinaus.

Fast fünf Monate hatte Martin damit zugebracht, sich vorzustellen, wie Anne die Welt in ihren letzten Minuten gesehen hatte. Warum war sie beim späten Sonnenschein hinausgeschwommen und nicht mitten in der Nacht? Wollte sie in die Nacht hinausschwimmen, den ersten Sternen entgegen, die irgendwann aufziehen würden, oder wollte sie in ihren letzten Momenten buchstäblich in einem goldenen, wärmenden Licht baden? Hörte sie sich selbst, als sie ertrank, ihre eigene Stimme, oder stellte sie sich ein wunderbares Konzert vor, Anne Sophie Mutter, die auf einer ihrer Geigen Bach oder Mozart spielte? Oder dachte sie in ihrem letzten Moment an ihn, verspürte sie nun, da es zu spät war, da bereits alle Kraft aus ihr gewichen war und es keinen Weg zurück mehr gab, plötzlich Sehnsucht nach dem Leben, das sie weggeworfen hatte?

Jeden Abend brauchte Martin zwei Flaschen Wein, um sich einzureden, dass ihn keine Schuld traf. Niemand hätte etwas ändern können; wahrscheinlich nicht einmal ihre braven Adoptiveltern. Sie hatten Anne nie erklärt, dass sie ein Findling, wie ein Engel vom Himmel gefallen war. Wer Annes leibliche Eltern waren, hatten sie nie in Erfahrung bringen können. Vielleicht hatten sie das auch gar nicht gewollt und sich vor der Wahrheit gedrückt.

Aber all seine Gedanken führten zu nichts. Es half auch nicht, dass Martin nach Sylt fuhr und sich die Stelle zeigen ließ, wo man Annes Kleider gefunden hatte. Er fotografierte das leere Meer zu jeder Tageszeit, legte sich mit seiner Kamera wie ein Paparazzo auf die Lauer, als könne er darauf warten, dass Anne plötzlich wieder aus den Wellen stieg, unversehrt und müde lächelnd, so wie sie früher aus ihrer Melancholie aufgetaucht war. Auf Fuerteventura war er einmal einem Deutschen begegnet, einst ein angesehener Arzt in München, der den Verstand verloren hatte, weil seine Frau vor seinen Augen ertrunken war. Der Mann hatte die Insel nie mehr verlassen. Seit mehr als zwei Jahren lebte er damals schon in einer Wellblechhütte neben dem protzigen Nobelhotel, in dem er einst als Gast logiert hatte; er bettelte und lungerte den ganzen Tag am Strand herum in der Hoffnung, dass seine Frau eines Tages aus dem Meer zurückkehren würde.

Annes Leiche wurde nie gefunden. Auch wenn man sie offiziell für tot erklärt hatte, hofften ihre Adoptiveltern noch immer, dass Anne gar nicht in der Nordsee ertrunken war, sondern alle ihre Angehörigen zum Narren halten wollte und irgendwann wohlbehalten wieder vor ihrer Tür stehen würde. Die beiden hatten sogar ein Detektivbüro engagiert, um in den USA und Südamerika nach ihrer Tochter suchen zu lassen. Allerdings hatte niemand eine Spur von ihr gefunden. Martin hatte fünf Monate gebraucht, um sich jede Hoffnung auf eine Rückkehr Annes auszureden. Eigentlich aber hatte er vom ersten Tag an gewusst, dass sie nie mehr zurückkommen würde.

Der alte Geiger hat Recht, dachte er. Ich muss dem Tod begegnen und ihn überwinden, soweit man das überhaupt kann. Es beschwert mich nur, wenn Anne mir wie ein Geist nachläuft.

In Hamburg hatte er deshalb keinen Schritt mehr tun können, an jeder Straßenecke hatte er geglaubt, sie zu sehen; das Nichtbegreifen ihres Todes hatte ihn gelähmt. Selbst seine Fotos waren grau und leblos geworden.

Ein Mann kam ihm entgegen, der einen Kinderwagen schob. Als Martin hineinblickte, sah er einen kranken Dackel, der sich das Fell blutig gebissen hatte. Die Dunkelheit war heraufgezogen, auf den Brücken waren die Laternen aufgeflammt und warfen einen metallischen Glanz auf das Wasser. Es hatte aufgehört zu schneien. In Köln genauso wie in Hamburg bedeutete Schnee ohnehin nicht viel mehr als kalter grauer Regen.

Ein erleuchtetes Schiff tuckerte langsam den Fluss herauf. Rot gewandete Gestalten huschten an Deck hin und her. Es sah aus wie eine Versammlung von Weihnachtsmännern, und dann wehte eine helle Jungenstimme herüber, die ein Weihnachtslied sang, das er nicht kannte.

Früher hatte er auch solch eine wunderbar helle Stimme gehabt. Da hatte er vor dem Spiegel gestanden und sich beim Singen zugeschaut, bis eines Tages seine Halbschwester ihn dabei entdeckt hatte. Sie hieß Johanna und war drei Jahre älter. Auch ihr Vater hatte sich aus dem Staub gemacht, kurz nachdem sie auf die Welt gekommen war.

»Ich habe kein Glück mit Männern«, hatte seine Mutter stets gesagt. »Bei mir nehmen sie nach kurzer Zeit

Reißaus, als würden sie sich fürchten.« Dabei war seine Mutter sanftmütig und anhänglich und sicher nicht zum Fürchten.

Später hatte sie nie mehr jemanden mit nach Hause gebracht, sondern war allen Männern zwischen fünfunddreißig und fünfundfünfzig aus dem Weg gegangen.

Eine Zeitlang hatten sich Johanna und er darin abgewechselt, herausfinden zu wollen, wer ihr Vater war. Vielleicht war das ohnehin ihre größte Gemeinsamkeit gewesen, das Gefühl, dass ein Teil von ihnen fehlte, irgendwie im Dunkeln lag. Doch ihre Mutter hatte all ihre Fragen abgetan. »Zwei Männer auf der Durchreise«, hatte sie gesagt, »zwei große, dunkelhaarige, schöne Männer. In beiden habe ich mich geirrt.« Jedenfalls war in ihrer Kindheit nie ein Mann aufgetaucht, der sich als Johannas oder sein Vater zu erkennen gab.

Plötzlich wusste Martin, was er seiner Mutter mit zum Grab nehmen würde: den größten Schatz seiner Kindheit, der seit zwanzig Jahren irgendwo in einem Wäldchen am Rhein lag, ein paar hundert Meter von seinem alten Zuhause entfernt.

DRITTES KAPITEL

Großartig, dachte Lea, gibt es jemanden, der sich auf blödere Art sein Leben ruiniert als ich? Gäbe es einen Wettbewerb, wie man sich am besten in Schwierigkeiten bringt, so hätte ich ihn schon gewonnen. Wer schafft sich die dicksten Probleme der Welt? The winner is: Lea Sommerfeld aus Köln.

Sie hatte sich wirklich selbst übertroffen. Dabei hätte sie es doch wissen müssen! Ihr war zwar nicht schlecht gewesen; aber so viel Stress hatte sie auch nicht gehabt, dass ihre Periode einfach ausbleiben konnte: ein Konzert bei einem Zahnarzt, der seiner Gattin etwas Besonderes bieten wollte; drei Abende mit einem Jazztrio, das sich vorgestellt hatte, zur Abwechslung mal mit einer Geigerin aufzutreten und wild zu improvisieren; und einmal hatte sie bei einer Taufe gespielt; ansonsten nur die übliche Beerdigungsmusik. »Air« von Bach war immer noch der Hit der Saison. Echter Stress sah anders aus.

Und was sollte sie jetzt tun? Johanna würde sich totlachen. Lea hörte bereits ihren Kommentar: Erst jagst du Christoph zum Teufel, und dann bis du von ihm schwanger? Na, herzlichen Glückwunsch!

Seit Johanna eine Art Konzertagentin geworden war und sogar für Filmleute arbeitete, war sie noch spöttischer geworden.

Christophs neue Telefonnummer hatte Lea weggeworfen, aber vorher hatte sie sich die Ziffern gemerkt, acht einfache Zahlen. Ihr Zahlengedächtnis funktionierte einfach zu gut. Doch was würde sie tun, sollte Evelyn an den Apparat gehen, diese Schlampe mit den unechten grünen Augen?

Hallo, kannst du mir mal den Christoph geben?

Warum denn? Er ist gerade beschäftigt, aber vielleicht kann ich ihm ja was ausrichten.

Nee, es ist was Persönliches. Das kann nur ich ihm sagen.

Ja, dann musst du leider später noch einmal anrufen.

Okay, dann sage ihm einfach, dass ich schwanger von ihm bin. Zehnte Woche. Ob es ein Mädchen oder Junge ist, weiß ich noch nicht.

Klar, dass Lea so ein Gespräch nicht führen konnte. Aber vielleicht würde Christoph ja alles stehen und liegen lassen, wenn er von ihrer Schwangerschaft erfuhr; vielleicht könnte es doch einen neuen Anfang geben, trotz dieser grünäugigen Schlange, die ihn verführt hatte.

Nein, sie hörte es förmlich, wie Johanna über sie lachte. Wie alt bist du eigentlich, Lea? Siebzehn? Komm, mach die Augen auf, und sieh in den Spiegel! Du wirst dreißig, das ist eine ordentliche Drei mit einer fetten Null. Und du bist nichts als eine mittelmäßige Geigerin, die sich mit Aushilfsjobs durchschlägt.

Der Arzt hatte ihr die Hand gedrückt und ihr gratuliert. »Herzlichen Glückwunsch. Da wird sich Ihr Lebensgefährte aber gewiss freuen, Frau Sommerfeld«, hatte er gesagt und ihr einen Mutterpass überreicht. »In zwei Wochen sehen wir uns wieder.« Seine Hand war ganz zart und weich gewesen, als benutze er sie nie.

Die Ampel vor Lea sprang auf Gelb. Sie trat noch kräftiger in die Pedale und schaffte es noch, die Kreuzung zu überqueren, bevor der Querverkehr losraste. Irgendein Idiot hupte, aber sie hob nur kurz den Arm. Heute sollte sie am besten jeder zufrieden lassen.

In fünf Minuten würde die Bestattung beginnen, aber vielleicht hatten die Trauergäste ja auch ein wenig Verspätung. Das kam in der Weihnachtszeit häufiger vor, weil alle dann noch viel hektischer waren als sonst im Jahr.

Sie sah den Typen zu spät. Rückwärts trat er aus dem Eingang des Friedhofs, als müsse er sich noch eine Inschrift anschauen.

»Pass doch auf!«, rief sie noch. Die Straße war feucht, weil es vor wenigen Stunden noch geschneit hatte. Sie zog den Lenker herum, viel zu heftig, um nicht ins Schlittern zu geraten. Ihn erwischte sie nur leicht am linken Fuß, nicht der Rede wert, aber sie legte einen gepflegten Sturz über den Lenker hin, während ihr Geigenkasten mit einem hässlichen Krachen vom Gepäckträger fiel.

Es tat höllisch weh. Winzige Kieselsteine gruben sich in ihre Haut, ihr rechter Unterarm schrammte über das Pflaster.

Als sie sich umdrehte, sah sie, wie der Mann sich über

ihren Geigenkasten beugte, der gegen einen Laternenpfahl geprallt war. Anscheinend war dem Trottel nichts passiert. Allerdings war es ziemlich unverschämt, dass er sich erst um die Geige kümmerte.

Dann, während sie noch am Boden lag und überlegte, was ihr alles weh tat, kam der Mann bis auf zwei Schritte heran, als nähere er sich einem gefährlichen Tier. »Tut mir leid!«, sagte er. »Ich habe Sie nicht bemerkt, aber Sie waren auch verdammt schnell.« Er hielt den Geigenkasten an sich gepresst, als gehöre er ihm.

Plötzlich fiel ihr das Kind wieder ein, die frohe Botschaft. Verdammt, ich bin schwanger, wollte sie ihn anschreien. Können Sie nicht aufpassen!

Mühsam rappelte sie sich auf, ihre rechte Handfläche blutete. Keine Ahnung, wie sie damit Geige spielen sollte.

»Träumen Sie immer am helllichten Tag?«, fragte sie unwirsch und riss ihm den Instrumentenkasten aus der Hand.

Der Mann lächelte verlegen und schien noch etwas sagen zu wollen. Er war unrasiert, dunkle Bartstoppeln zogen sich tief vom Hals herauf, aber er sah nicht übel aus; ein wenig müde vielleicht. Außer einer Rasur wäre auch ein Haarschnitt fällig, und sein Mantel war auch nicht mehr der neueste.

»Wo haben Sie diese Geige her?«, wollte er wissen.

Komisch, was anderes schien ihn nicht zu interessieren.

»Aus dem Leihhaus«, sagte sie, so unfreundlich sie konnte. »Da bringe ich die Geige hin, und wenn ich Glück habe und nicht zu viele Menschen wie Sie treffe, hole ich sie da ein paar Tage später wieder ab.«

Sie wartete gar nicht, ob er etwas entgegnete, sondern schwang sich auf das Fahrrad und fuhr auf den Friedhof. Hoffentlich war der Geige nichts passiert! Zu spät kommen würde sie auf jeden Fall, aber meistens dauerte es ohnehin etwas länger, bis sich alle Trauergäste versammelt hatten, zumindest wenn es mehr als zehn oder zwölf waren. Eine Beerdigung mit drei Liedern brachte fünfzig Euro. So leicht konnte man sein Geld sonst nirgends verdienen.

Manchmal hatte Christoph richtig gute Ideen gehabt, auch wenn man sie nicht in die Tat umsetzen konnte. Versuch dich doch mal an einem Weihnachtslied!, hatte er gesagt. Manche Leute leben davon, dass sie einen Song komponiert haben, der jedes Jahr im Dezember wieder im Radio gespielt wird.

Er hatte das mal im Fernsehen gesehen, die Geschichte eines Mannes, der von den Tantiemen seines Vaters lebte, der irgendeinen Weihnachtsschlager geschrieben hatte.

Lea hatte sich wirklich Mühe gegeben, sie hatte schon ein paar kleinere Sachen auf der Geige und Gitarre komponiert, aber mit einem Weihnachtslied würde es wieder nichts werden. Wie hätte sie allerdings auch in die richtige Festtagsstimmung kommen sollen – verlassen, ohne einen richtigen Job und obendrein schwanger?

Nicht einmal die Beerdigung war glattgegangen. Weil sie mit ihrer verletzten rechten Hand kaum den Bogen halten konnte, hatte sie nur zwei Lieder gespielt, und der Sohn des Toten, der Inhaber eines Autohauses, ein Geizkragen höchster Güte, hatte ihr daraufhin nur dreißig Euro gegeben.

Machte nun genau vicrundvierzig Euro, die sie in der Tasche hatte.

Und niemand wusste, dass sie schwanger war. Vera, ihre Schwester, ging nicht an den Apparat, Johanna hatte den Anrufbeantworter angeschaltet, und Christoph …

Zu Hause musste sie sich ihre Hand verbinden. Wenn die Wunden anfingen zu eitern, könnte sie die nächsten Auftritte vergessen. Dabei musste sie unbedingt Geld beiseitelegen. So ein Kind würde ganz schön was kosten: ein Bett, Kleidung, Windeln. Außerdem würde sie abends immer jemanden brauchen, der auf den Kleinen aufpasste, wenn sie irgendwo ein Engagement hatte.

Ihr wurde ganz schwindlig bei dem Gedanken. Zumindest hatte sie nun genug Platz, nachdem Christoph ausgezogen war.

Durch die Fenster der Bar konnte sie ihn sehen. Perfekt gestylt mixte er seine Drinks, lächelte, runzelte die Stirn, wenn er eine Bestellung nicht ganz verstanden hatte, lächelte wieder, wenn er den Drink auf die Bar stellte. Eigentlich war sein Mienenspiel immer gleich, denn er hatte stets alles im Griff. Er war nicht mal aus der Fassung geraten, als sie ihn mit dieser Schlampe im Bett erwischt hatte. Ihr hatte sich der Magen umgedreht, dass sie glaubte, gleich zusammenbrechen zu müssen, aber er hatte nur gelassen gelächelt.

Jeder braucht mal Abwechslung, hatte er ihr hinterher gesagt. Du etwa nicht?

Da erst hatte sie begriffen, dass es nicht das erste Mal gewesen war und dass es immer wieder passieren würde. Und dass sie zu altmodisch und viel zu romantisch war, um so etwas ertragen zu können.

Wenn sie ihm von dem Kind erzählte, würde er wahrscheinlich auch erst mal lächeln; lächeln, um Zeit zu gewinnen. Konnte sie ihn sich als Vater vorstellen, der mit seinem Kind beim Arzt saß oder auf einem Spielplatz umhertollte?

Lea presste ihr Gesicht ganz dicht an die Scheibe; es war ihr vollkommen gleichgültig, ob der Scheißkerl sie bemerkte. Wir haben ein Kind, wollte sie ihm zurufen, aber dann spürte sie, wie ihr eine Träne über die Wange rann. Verdammter Mist! Am Heiligen Abend würde sie bei Kerzenlicht allein in ihrer Wohnung sitzen und sich alte Filme ansehen, oder sie müsste sich die Nörgeleien ihrer Mutter anhören, was auch nicht besser war. Ach nein, ihre Mutter hatte sich ja einen neuen Kavalier ins Haus geholt. Bei ihr war sie nicht einmal willkommen. Und was ihre Mutter von ihrer Schwangerschaft halten würde, konnte sie sich auch mit wenig Phantasie vorstellen.

Als sie sich umdrehte, glaubte sie, den Mann zu sehen, den sie am Nachmittag beinahe umgefahren hatte. Was machte der Typ hier am Bahnhof? Wollte er noch andere Mädchen anrempeln?

He, lag ihr auf der Zunge, wegen Ihnen hatte ich heute

Nachmittag einen echten Verdienstausfall! Auch wenn Sie es vielleicht nicht wissen – Sie schulden mir genau zwanzig Euro!

Doch dann drehte sie sich um und lief nach Hause. Vielleicht hatte Johanna endlich ihren Anrufbeantworter ausgeschaltet und konnte sich anhören, dass zu ihren alten Sorgen ein paar neue, größere, hinzugekommen waren.

VIERTES KAPITEL

Was brauchte er alles für seine kleine Expedition? Einen Klappspaten, eine Arbeitshose, Handschuhe und vielleicht eine Taschenlampe; außerdem einen Beutel und ein Leinentuch.

Kaum dass Martin das Hotel in aller Frühe verlassen hatte, geriet er beinahe in Hochstimmung. Das Wetter hatte sich keinen Deut gebessert, Schneeregen fiel aus einem endlos grauen Himmel. In einem Kaufhaus hatte er noch am Tag zuvor alles bekommen, was er brauchte. Als er den mächtigen Dom passierte, blickte er sich nach dem Geiger um, als müsse der Alte dort die Nacht verbracht haben. Aber natürlich war nichts von einem Greis mit schlohweißen Haaren und einem gelben Schal zu sehen.

Der Alte würde sich freuen, wenn er erfuhr, was er vorhatte. Da war Martin sich ganz sicher. Er hatte die erste Aufgabe in Angriff genommen, auch wenn sie plötzlich ganz anders aussah, als er angenommen hatte. Er hatte traumlos geschlafen, jedenfalls war keine stumme ertrunkene Anne durch seinen Schlaf getrieben.

Mit seinen Utensilien wanderte Martin die Uferpromenade hinauf. Grau glitt der Strom dahin. Es roch anders, nicht wie am Meer. Möwen segelten im Wind. Er hatte ein paar Erinnerungen, wie er mit Johanna, seiner Halbschwester, mit der Seilbahn über den Fluss gefahren war und wie er unter der düsteren Eisenbahnbrücke zum ersten Mal ein Mädchen geküsst hatte, aber eigentlich wollte er nicht daran denken, sondern nur an seine Aufgabe. Er musste diesen einen Baum wiederfinden und hoffte, dass man das Wäldchen in den letzten Jahren nicht gerodet hatte. Außerdem würde es die Sache erleichtern, wenn ihn niemand beobachtete.

Fast eine Stunde brauchte er, dann endlich sah er das Wäldchen. Auf den ersten Blick hatte sich nichts verändert. Häuser durfte man hier in den Flussniederungen ohnehin nicht bauen. Er schlug sich vom Weg durch dichtes Gebüsch zum Rhein hinunter. Hier roch es nach Algen und Moder, und einmal wäre er beinahe über ein rostiges Fahrrad gestolpert, das völlig überwuchert im dornigen Gestrüpp lag.

Ein paar Meter weiter zogen die Schiffe vorbei, mächtige Stahlkolosse, die irgendwie lebendig wirkten, aber plötzlich kam es ihm hoffnungslos vor, den richtigen Baum wiederzufinden. Die schmalen Wege verliefen komplett anders, als er es in Erinnerung hatte. War der Baum eine Pappel gewesen oder eine Birke? Birken besaßen eine weiße Rinde, die selbst im Dämmerlicht leuchtete.

Ja, eine Birke. Er musste nach einer Birke Ausschau halten.

Es war sinnvoll gewesen, sich eine Arbeitshose zu besorgen, aber noch klüger wäre es gewesen, sich auch mit Gummistiefeln auszustatten. Seine Schuhe waren schon ruiniert, als er kaum zwanzig Schritte in den morastigen Wald getan hatte. Je weiter er kam, desto dunkler wurde es, beinahe unwirklich, als würde er eine andere, längst verschollene Welt betreten. Die Sonne war bereits aufgegangen, es war fast neun, aber es wollte an diesem nasskalten Tag überhaupt nicht richtig hell werden. Martin schreckte ein Kaninchen auf, verhedderte sich in zerrissenen Plastiktüten, die jemand achtlos weggeworfen hatte, und zog dann seine Taschenlampe hervor.

Der grelle Lichtstrahl fuhr auf eine riesige Birke, die den Mittelpunkt des Wäldchens zu bilden schien. Ein Glücksgefühl durchströmte ihn. Ja, es war damals schon so gewesen, als würden all die versteckten Pfade auf diesen Baum zuführen, seinen großen weißen Baum. Hier war er hineingeklettert, hier hatte er seine Schätze vergraben. So musste es sein, auch wenn die Größenverhältnisse, die er vor sich sah, mit seiner Erinnerung keineswegs übereinstimmten.

Er machte sich sogleich an die Arbeit, packte den Klappspaten aus und legte seine Utensilien bereit. Allerdings musste er zunächst das Gestrüpp beiseiteschaffen, das den Waldboden überwucherte. Dann brauchte er noch eine halbe Stunde, bis er auf einen harten Gegenstand stieß. Der Jutesack hatte sich mittlerweile vollkommen aufgelöst, nur einzelne Fetzen waren noch auszumachen; daher sah sein Schatz nicht mehr so schön und rein aus wie damals, als er ihn vergraben hatte. Alle in der Straße hatten ihm seine Kostbarkeit abjagen wollen; am

Rhein hatte er den schönsten, weißesten Stein gefunden, den man jemals gesehen hatte.

Martin beugte sich vor und holte den Stein heraus. Er fühlte sich recht leicht an und ließ sich bequem mit einer Hand umfassen. Auch da hatte ihn die Erinnerung getrogen. Aber es war sein Stein, der Schatz seiner Kindheit, da war er ganz sicher. Wo er die feuchte Erde beiseiterieb, leuchtete er hell.

Stolz trug Martin den Stein zum Wasser hinunter und begann ihn zu säubern. Obwohl der Stein fast zwanzig Jahre unter dem Baum gelegen hatte, ließ sich der Schmutz nach und nach abwaschen. An manchen Stellen blitzte sogar das ursprüngliche Weiß wieder hervor, das ihn damals so fasziniert hatte.

In seinem Hotelzimmer legte er den Stein in die Badewanne und ließ heißes Wasser über die Oberfläche laufen. Er putzte und rieb jede Kante, jede Rundung, bis er nach über zwei Stunden das Gefühl hatte, genau den Stein wieder vor sich zu sehen, den er damals gefunden und versteckt hatte.

Dann, am Nachmittag, nach einer kurzen Mahlzeit, machte Martin sich auf den Weg. Es war kein kleiner Spaziergang. Er musste die halbe Stadt durchqueren, aber irgendwie glaubte er, keinen Bus oder kein Taxi nehmen zu dürfen. Er musste den Stein höchstpersönlich zum Friedhof tragen.

Es war doch noch hell geworden. Das graue, dumpfe Licht war einem milden Sonnenlicht gewichen. Dann und wann war sogar ein Stück blauer Himmel zu sehen.

Nach einer Stunde machte ihm Müdigkeit zu schaffen. Autos rasten an ihm vorbei. Entlang der Schnellstraße war er der einzige Fußgänger weit und breit. Er konnte sich nicht erinnern, wann er sich das letzte Mal so angestrengt hatte, aber immer, wenn er aufgeben wollte, fiel ihm der Geiger ein. Wenn er diese Aufgabe hinter sich gebracht hatte, würde er ihn anrufen oder besuchen und ihm erzählen, was er getan hatte.

Auf dem Friedhof brauchte Martin eine Weile, um sich zu orientieren. Er musste den breiten Hauptweg entlanglaufen, an dem die Gruften der eingesessenen, wohlhabenden Kölner Familien standen. Dann passierte er den Sensenmann, eine alte, verwitterte Steinfigur, die jedem Besucher, der sie zum ersten Mal erblickte, einen Schrecken einjagte. Ein blasser Schädel betrachtete jeden, der vorbeiging. Nur eine Sense hielt der Tod nicht mehr in der ausgestreckten Hand. Schon früher, als Martin noch in Köln gelebt hatte, war sie wiederholt gestohlen worden, aber immerhin zeigte ihm diese Statue, dass er die richtige Richtung eingeschlagen hatte.

Schließlich fand er sein Ziel. Das Grab seiner Mutter war ein schmales Einzelgrab; fast sah es aus, als wäre hier ein Kind beerdigt worden. Doch auf der schlichten Marmorplatte stand *Luisa Blum*, kein Zweifel war möglich. Feierlich platzierte Martin seinen weißen Kinderstein unterhalb der schwarzen Marmorplatte. Der Kontrast gefiel ihm.

»Siehst du, Mutter«, sagte er still vor sich hin. »Ich bin

zurückgekehrt, um dir meinen größten Schatz aus meinen Kindertagen zu bringen. Früher hatte ich ihn sogar vor dir versteckt.«

Er dachte daran, wie er sie einmal im Gemeindehaus ihrer Kirche beobachtet hatte. Da war sie ihm wie die schönste Frau der Welt vorgekommen. Sie hatte getanzt in einem gelben Kleid, das er gar nicht kannte. Nie zuvor hatte er sie so gesehen, wie sie ihre Füße setzte, wie sie lächelte und sich wieder drehte und ihren Partner anmutig umfasste, einen hochgewachsenen bärtigen Mann, der nie bei ihnen in der Küche gesessen hatte. Martin war ganz fasziniert von ihr gewesen. Er mochte es, wenn sie eine andere war, nicht die müde, verhärmte Frau, die ihm abends sein Brot für den nächsten Schultag machte. Als sie entdeckte, dass er sich verschämt an der Tür herumdrückte und sie anstarrte, setzte sie plötzlich ihr Alltagsgesicht wieder auf und schaute ihn tadelnd an.

Der Stein leuchtete im milchigen Licht des Nachmittags. Wie ein großes helles Auge schien er aus der schwarzen Erde herauszublicken. Martin schoss ein paar Fotos mit seiner Leica. Es beruhigte ihn, dass das Grab einigermaßen gepflegt war. Anscheinend kümmerte sich seine Halbschwester darum.

Ein Trauerzug, der sich von der Kapelle aus in seine Richtung bewegte, riss ihn aus den Gedanken.

Seine Hochstimmung hielt noch an, als er auf den Ausgang des Friedhofs zusteuerte. Auf einer großen Tanne neben dem Tor war eine Lichterkette angebracht. Ja, dachte er, auch wenn das Fest für mich dieses Jahr keine

Bedeutung haben wird: Weihnachten steht unmittelbar bevor.

Seine erste Aufgabe war erledigt. Es gefiel ihm, an seine Mutter und den weißen Stein zu denken, und selbst der Gedanke an Anne schreckte ihn nicht mehr so sehr. Nun musste er die zweite Aufgabe in Angriff nehmen – dem Leben begegnen.

Krähen krächzten hoch über ihm, als er unter dem Eingangstor hindurchschritt.

Im nächsten Moment hörte er einen schrillen Ruf, den er nicht verstand, und ein Fahrrad wischte an ihm vorbei. Er spürte einen kurzen Schmerz an der Ferse und wäre gestürzt, hätte er sich nicht an einem Laternenpfahl festgehalten. Das Fahrrad geriet ins Schlingern, ein Geigenkasten fiel zu Boden, und die Radlerin, eine Frau in einer blauen Trainingsjacke, fiel kopfüber auf die Straße und fluchte laut.

Martin sah den Geigenkasten drei Schritte neben sich. Er entdeckte das winzige silberne Zeichen sofort: zwei ineinander verschachtelte Buchstaben, A und S. Es konnte keinen Zweifel geben. Die Frau hatte eine Geige bei sich, die Anne gebaut hatte. Jeden Kasten hatte Anne mit ihren Initialen versehen, das war der letzte Akt, bevor sie eine Geige aus der Hand gab: *AS – Anne Schulz.*

Hastig hob er den Geigenkasten auf. Er hatte sich nicht getäuscht. Es war ihr Zeichen.

»Woher haben Sie diese Geige?«, fragte er die Frau. Seine Überraschung ließ seine Stimme fordernd und eindringlich klingen.

Die Frau fluchte noch einmal und rappelte sich auf. Zum Glück schien sie nicht wirklich verletzt zu sein. Kupferrotes Haar drängte unter ihrer Kapuze hervor. Sie war nicht mehr ganz jung, Ende zwanzig vielleicht. Düster blickte sie ihn an.

»Aus dem Leihhaus«, sagte sie und riss ihm den Geigenkasten aus der Hand.

Laut zeternd und offenbar in höchster Eile verschwand sie mit ihrem Fahrrad auf den Friedhof.

Sein erster Impuls war, der Frau nachzulaufen, um sich zu entschuldigen. Vielleicht war es tatsächlich seine Schuld gewesen, dass sie gestürzt war, aber vor allem wollte er etwas über ihre Geige erfahren. Was tat man mit einer Geige auf einem Friedhof? Doch kaum war er ihr ein paar Schritte gefolgt, verlor er sie zwischen den vielen Gräbern aus den Augen.

Am Abend im Hotel, als er sich seinen Fuß besah, begann ihn doch ein Schmerz zu plagen. Die Radfahrerin hatte ihn mit einer Pedale erwischt. Ein tiefer, blutiger Striemen zog sich über seine Achillesferse. Wäre er auch nur einen Schritt weiter gewesen, hätte sie ihn in Grund und Boden gefahren. Hätte er an Schutzengel geglaubt, dann wäre das wohl einer dieser Momente gewesen, wo so ein Wesen in Aktion getreten war.

Trotz der Schmerzen verließ er das Hotel und humpelte zum Bahnhof. Zwei Gedanken kreisten in seinem Kopf. Wie sollte er die nächste Aufgabe angehen? Wo fand man das Leben? Und dann fiel ihm seine Halbschwester wieder ein. Konnte er ihre Nummer aus dem Telefonbuch heraussuchen und sie anrufen, als wären nicht neun Jahre vergangen, in denen sie nicht einmal miteinander gesprochen hatten? Hallo, Johanna, du wirst dich vielleicht wundern, aber ich bin's, Martin. Ich habe für ein paar Tage in Köln Station gemacht, ich habe auch schon das Grab unserer Mutter besucht, und irgendwie dachte ich mir, wir könnten ...

Nein, so einfach ginge es nicht.

FÜNFTES KAPITEL

Johanna hatte ein längeres Verhör gestartet: »Hast du erwogen, zu Christoph zurückzugehen? Nein? Dann brauchst du einen neuen Mann. Oder willst du das Kind alleine durchbringen? Hast du eine Ahnung, was es bedeutet, sich Tag und Nacht um einen schreienden Winzling zu kümmern?«

Lea begriff erst allmählich, wohin das Gespräch führte. Johanna tat zwar so, aber sie hatte selbst keinerlei Erfahrung mit Säuglingen. Kleinkindern war sie bisher stets aus dem Weg gegangen. Mit Kinderträumen durfte man ihr nicht kommen. Sie hatte selbst einen Clown abgelehnt, der sie als seine Agentin haben wollte, weil Clowns für sie Kinderkram waren. Außerdem hatte sie ihren letzten Freund erst vor ein paar Wochen in die Wüste geschickt.

Natürlich könne sie sich nicht vorstellen, so schnell mit einem anderen Mann zusammenzukommen, erwiderte Lea. Schließlich sei der Bruch mit Christoph keine vier Wochen her.

»Willst du das Kind überhaupt?« Johannas Stimme klang feindselig und blechern im Telefonhörer.

»Keine Ahnung.« Das war wie ein Spruchband, das ihr durch den Kopf lief. »Keine Ahnung. Ich weiß nicht … Christoph ist ein Mistkerl …«

»Hör zu«, sagte Johanna, »ich gebe dir eine Adresse. Ein guter, verlässlicher Arzt, kein Kurpfuscher. Da kannst du die Angelegenheit noch vor Weihnachten aus der Welt schaffen, wenn du willst, und bist nicht auf Christoph angewiesen.«

Hörte sich alles sehr vernünftig an.

Als Lea auflegte, hätte sie am liebsten gleich den Arzt angerufen und einen Termin gemacht. Es ist ein Notfall. Können Sie bitte heute Nacht noch mein Kind wegmachen? Solange sie Johanna zugehört hatte, war alles klar und eindeutig gewesen. Eine Beerdigungsgeigerin konnte kein Kind durchbringen.

Dann kam sie sich mit einem Schlag verlassen vor. Nicht einmal Geige spielen konnte sie, weil die rechte Hand weh tat und sofort zu bluten anfing, sobald sie den Bogen nur etwas härter umfasste. Morgen hatte sie drei Beerdigungen auf dem Nordfriedhof. Wie sollte sie da zurechtkommen? Sie hätte Schmerzensgeld von dem Kerl verlangen sollen. Wer rückwärts aus einem Friedhof herauslief, hatte auf jeden Fall Schuld, wenn er mit einem Fahrrad zusammenkrachte, auch wenn sie über den Gehsteig gefahren war.

Nachdem sie das Licht gelöscht hatte, wurde das Gefühl der Verlassenheit noch schlimmer. Wenn Johanna eine richtige Freundin wäre und nicht immer nur an ihre verdammte Künstleragentur denken würde, dachte Lea, wäre sie vorbeigekommen und hätte mir die Hand gehalten, statt mir eiskalt die Adresse eines noblen Abtreibungsarztes zu diktieren.

Wenige Momente später war Lea wieder auf der Straße. Es war fast Mitternacht und sehr kalt. Vom Fluss blies ein furchtbarer Wind herauf. Sogar ihre Geige hatte sie mitgenommen, als hätte sie noch einen Auftritt. Manchmal ging sie tatsächlich zum *Frank's*, einem Café in der Nähe, und spielte noch ein wenig vor sich hin, eine Art Auslaufen nach einem anstrengenden Tag. Frank, der Besitzer, bezahlte sie nicht dafür, aber gelegentlich, wenn er seine großzügigen fünf Minuten hatte, gab er ihr ein Essen aus. Doch eigentlich wollte sie Frank nicht begegnen, er konnte ihr mit seinen ungewollten Ratschlägen ziemlich auf die Nerven gehen.

Am Bahnhof zogen Betrunkene herum, die wie ein Weihnachtsmann alle rote Mützen trugen. Einige hatten sich dazu noch blinkende rote Herzen ans Revers geheftet. Sie grölten und lachten, und zwei der Weihnachtsmänner begannen sich zu küssen. Als Lea genauer hinschaute, entdeckte sie, dass es eine blonde Frau und ein bärtiger Mann waren, die sich eng umschlungen hielten. Abrupt wandte sie sich ab und blickte in ein großes, von bunten Strahlern erleuchtetes Schaufenster, das voller Stofftiere war, die sich alle mechanisch bewegten. Ein kleiner Affe spielte Schlagzeug, zwei Elefanten bliesen Trompete, und ein Löwe, der auf einem Klavier hockte, das ein Panther mit dem Schwanz bediente, hielt ein Mikrofon in der Tatze. Aus einem Lautsprecher klang eine

Stimme, die »Jingle Bells« sang, nicht sentimental und süßlich, sondern rauchig und voller Hingabe. Wie gebannt, mit staunenden Kinderaugen standen zwei Mädchen, die viel zu dünne Jacken trugen und eigentlich frieren mussten, vor dem Schaufenster und lauschten der Musik, als hätten sie so etwas noch nie gehört.

Auch Lea war fasziniert, und auf einmal begriff sie, dass Johanna Unsinn erzählt hatte. Sie musste ihr Kind behalten, und sie musste zu Christoph gehen und ihm die Wahrheit sagen. Wenn sie den ersten richtigen Satz gefunden hätte, würde es wie von selbst gehen. So war es ja auch mit dem Geigenspiel. Selbst bei Beerdigungen hatte sie noch Lampenfieber, aber wenn der erste Ton erklungen war, fiel das alles von ihr ab.

Die Bar war bereits dunkel, nur hinter der Theke brannte noch ein mattes Licht. Im Dezember, wenn keine Messegäste in der Stadt waren, liefen die Geschäfte mehr schlecht als recht.

Sehr gut, dachte Lea, dann hat Christoph Zeit für mich, und ich kann in aller Ruhe mit ihm reden. Vielleicht wäre die Sache mit der grünäugigen Schlampe nicht passiert, wenn wir mehr geredet und uns zugehört hätten. Missverständnisse musste man ausräumen.

Christoph mochte ihr Geigenspiel, und sie liebte es, ihm zuzuschauen, wenn er hinter seiner Bar stand. Für jede Stimmung hatte er einen Cocktail parat. Wie ein Medizinmann kam er ihr manchmal vor. Er behauptete, dass er mit seinen Drinks selbst Tote wieder lebendig machen könne, schlechte Laune konnte er mit ihnen auf jeden

Fall vertreiben. Verliebt aber hatte sie sich zuerst in seine Stimme. Sie war zusammen mit einem Pianisten in seiner Bar aufgetreten. Ein schrecklicher Abend. Kaum jemand hatte zugehört und ihnen auch nur einen Blick gegönnt. Ein paar Finnen hatten einen großen Geschäftsabschluss gefeiert und hatten dann begonnen, finnische Trinklieder zu singen. Nichts konnte schlimmer klingen als laute finnische Trinklieder! Schließlich war der Pianist mitten in einem langsamen, viel zu leisen Song geflohen, und Lea hatte ihre Geige eingepackt und sich an die Bar gesetzt, nicht um zu trinken, sondern weil sie den grölenden Finnen nicht das Gefühl geben wollte, auch sie habe sich in die Flucht schlagen lassen. Christoph hatte kaum geredet; er hatte ihr höflich einen Cocktail gemixt und sie dann nach ihrem Namen gefragt, aber viel mehr musste er auch gar nicht tun, dass sie weiche Knie bekam und ihr die trunksüchtigen Nordländer nichts mehr ausgemacht hatten.

Mit seiner weichen, melodischen Stimme, die allem, was er sagte, Tiefe und Bedeutung verlieh, hätte Christoph auch Filme synchronisieren oder nachts im Radio den Kummeronkel spielen können. Einmal hatte er ihr mit gutem Zureden beinahe das Leben gerettet. Ein Vorspiel war gründlich schiefgelaufen. In Essen hatte sie auf der riesigen Bühne der Philharmonie stehen und spielen sollen. Für das Orchester suchte man zwei junge Geiger. Eine einzigartige Chance für sie, doch noch in einem anerkannten Orchester eine Stelle zu finden. Sie sollte Mozart spielen, im Grunde kein Problem, auch wenn sie

Mozart nicht mochte. Er war genial, aber ihr viel zu spielerisch unernst, zu heiter. Schon die ersten Passagen waren eine Katastrophe. Sie hielt das Tempo nicht, vivace, geriet dann in Panik, bis es so weit war, dass sie sich tatsächlich verspielte, ein Stück, das sie sonst im Schlaf beherrscht hatte.

Hinterher war Lea so wütend auf sich selbst gewesen, dass sie am Rhein stand und kurz davor war, ihre Geige in die Fluten zu werfen und am besten noch hinterherzuspringen. Eigentlich war das Instrument das Einzige von Wert, was sie besaß, aber als sie die Philharmonie verließ, blind vor Tränen, war sie sicher gewesen, dass sie es nie wieder anfassen würde. Zum ersten Mal war ihr wirklich klargeworden, dass es mit der großen Karriere als Musikerin nichts mehr werden würde.

Christoph hatte es ihr ausgeredet. Er stand neben ihr am Geländer. Von einem Partyschiff schallte schlechte Tanzmusik herüber. Mit jedem Wort richtete er Lea wieder auf, bis er ihr schließlich die Geige aus der Hand nahm. Danach hatte sie angenommen, dass er sie wirklich liebte, auch wenn sie nicht mehr als eine mittelmäßige Geigerin war, die ihr Geld auf Beerdigungen verdiente.

Wahrscheinlich war sie nur auf seine Stimme hereingefallen. Sein weiches Timbre war seine beste Waffe.

Lea wollte die Tür öffnen, aber sie war schon geschlossen. Dann pochte sie mit der Hand dagegen. Sie fror erbärmlich. Bevor sie einen Drink zu sich nehmen könnte, müsste Christoph ihr noch einen Kaffee kochen, den sie heiß, mit viel Sahne und Honig, wie sie es liebte, trinken würde, und dann würden sie reden, vielleicht die ganze Nacht. Bis sie ihm ihr Geheimnis verriet und ihm von dem Kind erzählte …

Doch die Tür blieb geschlossen. Anscheinend war Christoph schon fort und ließ neuerdings die Lichter hinter der Bar brennen.

Sie spürte die Enttäuschung wie einen Schmerz. Nun musste sie zu seiner neuen Wohnung gehen, was ihr bedeutend schwerer fiel.

Sie rückte den Geigenkasten auf ihrem Rücken zurecht, und dann, während sie sich umdrehte, entdeckte sie Christoph. Er saß in einem Wagen, einem schwarzen Cabriolet, auf dem Beifahrersitz und schaute zu Lea herüber, nein, er sah sie gar nicht, er unterhielt sich mit einer schattenhaften Gestalt auf dem Fahrersitz.

Lea machte drei zaghafte Schritte auf das Cabriolet zu. Fünf Zentimeter Schnee lagen auf dem Dach, als käme es geradewegs aus den Alpen, aus einer anderen Welt, und reflektierten das Licht einer Straßenlaterne. Der Schatten war eine blonde, stark geschminkte Frau, die Lea vage bekannt vorkam, vielleicht irgendeine zweitklassige Schauspielerin, jedenfalls nicht die grünäugige Schlampe, mit der sie ihn erwischt hatte. Sie wollte schon erleichtert aufatmen, aber dann beugte Christoph sich vor und küsste die Blonde. Ein Kuss, der gar nicht mehr enden wollte. Lea hätte leicht bis vierzig, bis sechzig und immer weiter zählen können. Plötzlich flammte ein heißer Schmerz in ihrem Magen auf, und gleichzeitig erfüllte sie die Angst, Christoph könne sie so entdecken, wie sie ihn und seine Begleiterin anstarrte. Wie lächerlich sie aussehen musste in ihrer Trainingsjacke, mit den ausgetretenen Turnschuhen, dem zerschrammten Geigenkasten auf dem Rücken!

Sie ergriff die Flucht. Morgen früh, gleich um acht, würde sie den Arzt anrufen und ihm klarmachen, dass sie ein Notfall war.

SECHSTES KAPITEL

Der Barkeeper war ein guter Zuhörer, und seine Cocktails waren auch nicht schlecht, zumindest sparte er nicht am Gin.

»Wo begegnet man dem Leben?«, fragte Martin ihn. Sie waren allein, da konnte man solche Fragen stellen. Sanfte Klaviermusik plätscherte im Hintergrund vor sich hin.

Er nannte sich Chris, hatte die Haare stark gegelt und streng zurückgekämmt. Jede seiner Gesten verriet, wie selbstsicher und unverwundbar er sich fühlte. Früher hatten die jugendlichen Begleiter alternder Schauspielerinnen so ausgesehen.

»Dem Leben begegnen?« Chris rieb sich das Kinn und mischte sich dann selbst einen Cocktail. Wieder mit reichlich Gin. »Sind Sie Philosoph oder so etwas?«

»Ist nur eine Frage«, erwiderte Martin. Von dem Geiger mit den langen schlohweißen Haaren wollte er lieber nichts erzählen. Manchmal kam es ihm ja selbst lächerlich vor, dass er die Dinge, die der Alte genannt hatte, tatsächlich als drei hochwichtige Aufgaben betrachtete.

»Das Leben ist eine Frau«, sagte der Barkeeper und

lächelte wissend. Er sprach übertrieben deutlich, als hätte er viel mit Ausländern zu tun und wolle unbedingt verstanden werden. »Klar, anders kann es gar nicht sein. Eine schöne Frau. Sie verleiht einem schon Energie, wenn sie nur quer durch das Zimmer geht, nackt, versteht sich, und man verändert sich durch ihre Gegenwart, wird jünger oder älter, je nachdem.«

»Ein interessanter Gedanke.« Martin trank von seinem Cocktail. Er wurde allmählich müde. Vielleicht war etwas dran: Am Anfang hatte er sich mit Anne jung gefühlt, aber dann war er vor der Zeit gealtert, und am Ende war er innerlich ein Greis geworden, im Kummer wie versteinert.

»Allerdings sollte man die Frauen gelegentlich wechseln, so bleibt man jung und lebt gewissermaßen mehrere Leben.« Der Barkeeper lächelte wieder. Er war mit seiner Antwort zufrieden, aber Martin dachte daran, dass der alte Geiger gewiss etwas anderes gemeint hatte; es ging nicht darum, eine Frau zu erobern oder sich erobern zu lassen.

Martin musste plötzlich an Annes letzte Geige denken; sie war äußerlich intakt gewesen und doch vollkommen missraten, ein grobes, falsch klingendes Stück Holz, als hätte Anne ihre Krankheit auf das Instrument übertragen. Selbst ihr Lehrmeister hatte später Martin gesagt, dass man diese Geige nie zum Klingen bringen würde. »Dieses Instrument ist in der Dunkelheit verloren«, hatte er gesagt. Ein Satz, der Martin gefiel. Tatsächlich hatte Anne zuletzt meistens nur noch nachts in ihrer

Werkstatt gearbeitet und war allen Leuten aus dem Weg gegangen.

»Wenn Sie wollen, kann ich Ihnen eine Frau besorgen«, sagte der Barkeeper. Nun wirkte er ernst wie ein Geschäftsmann, der sich seriös geben wollte. »Die Damen, die ich empfehlen kann, sind keine gewöhnlichen Professionellen, sondern Ladys mit Stil und Niveau. Hat noch nie Ärger mit ihnen gegeben.«

Martin winkte ab. Offensichtlich hatte der Barkeeper seine Frage doch gründlich missverstanden. Kurz nach Annes Verschwinden hatte Martin sich in Hamburg von einer schwarzhaarigen Dame abschleppen lassen, die sich hinterher als weißblond herausgestellt hatte. Solche Dinge störten ihn.

Zwei Männer mit roten Zipfelmützen kamen herein, offensichtlich angetrunken, aber auf der Suche nach Nachschub. Martin verstand auf einmal, was der Alte gemeint hatte. Dem Leben begegnen hieß nicht, sich auf eine Einkaufsstraße zu stellen und sich die Leute anzusehen. Er hatte von einem magischen Ort gesprochen, den man für sich entdecken müsse.

Anne war in die Dunkelheit hineingeschwommen, fort von ihm, fort von allem, was sie an ihr Leben erinnerte.

Auf einmal glaubte er zu wissen, was er tun musste.

Einer der Männer mit den Zipfelmützen packte ihn am Arm und faselte etwas davon, ihn unbedingt einladen zu müssen, weil doch bald Weihnachten sei, doch Martin schüttelte den Kopf und erhob sich von seinem Hocker.

»Spielverderber!«, rief der Mann und wandte sich seinen Begleitern zu. Ein Herz an seinem Revers blinkte auf und warf ein krankhaftes rotes Licht auf sein Gesicht.

Wortlos legte Martin einen Geldschein auf die Bar und ging.

Er schlief nur vier Stunden, dann zog er sich an. Fast alle Kleider, die er bei sich hatte, streifte er sich über. Es war, als beginne er eine zweite Expedition. Am Bahnhof fand er ein Café, das schon geöffnet hatte, und stärkte sich mit einem heißen Tee. Dann machte er sich auf den Weg, wieder am Fluss entlang. Es war kalt, deutlich unter dem Gefrierpunkt. Reste von Schnee lagen auf den Wegen. Schiffe fuhren auch um diese Zeit schon kaum beleuchtet den Rhein hinunter.

Martin wusste, dass er viel zu früh dran war, aber er wollte den Moment, um den es ihm ging, auf keinen Fall verpassen. Zum Glück war der Himmel klar, nicht so grau verhangen wie in den letzten Tagen. Ein paar winzige Sterne schienen irgendwo in der dunklen Unendlichkeit zu verglühen. Er dachte an die rothaarige Frau mit dem Geigenkasten, auf dem er Annes Zeichen gesehen hatte. Vielleicht war das ein Trost, dass es etwa fünfzig Geigen gab, die Anne gebaut hatte und auf denen jeden Tag musiziert wurde. Vielleicht hatte auch der alte Geiger auf einem ihrer Instrumente gespielt. Nein, dessen Geige war viel älter gewesen. Das Holz an den Kanten war abgeschrammt gewesen, und die Schnecke hatte eine ganz besonders altertümliche Form gehabt.

Heute, nach der zweiten Aufgabe, werde ich den Alten aufsuchen, sagte Martin sich. Ich werde ihm erzählen, dass ich in Köln geblieben bin und mit dem weißen Stein auch einen Teil meines Kummers auf dem Grab meiner Mutter abgeladen habe.

Nach wenigen Kilometern hatte er die Geräusche der erwachenden Stadt hinter sich gelassen. Er achtete lediglich darauf, dass der Fluss zu seiner Rechten blieb. Noch immer war es stockdunkel. Wiesen breiteten sich zu seiner Linken aus. Irgendwo in der Ferne waren ein paar Lichter und die Schornsteine einer Fabrik zu sehen. Dann, an einer sanften Biegung, suchte er sich eine Stelle an einer der Kribben, einem steinernen Wall, der fast bis zur Fahrrinne ins Wasser lief. Außer dem monotonen Plätschern des Rheins war es hier vollkommen still. Nur manchmal schrie irgendwo ein Vogel, und ganz entfernt war ein Motor zu hören, der gestartet wurde.

Da saß er nun, von den groben Steinen vor dem eisigen Wind geschützt, und wartete, dass es hell wurde. Ja, genau deshalb war er gekommen, um zu beobachten, wie das erste vorsichtige Licht über das Wasser strich.

Es war das Gegenteil von dem, was Anne getan hatte, als sie in den Tod geschwommen war.

Eines der letzten Bilder, die er von Anne im Kopf hatte, war eine Szene aus ihrer Werkstatt. Im matten Gegenlicht, das durch ihr großes Fenster drang, hatte sie dagestanden, sich eine Muschel ans Ohr gehalten und ihrem Rauschen gelauscht. Nun kam ihm das Bild beinahe symbolhaft vor, als hätte Anne schon lange gewusst, was sie vorgehabt hatte. Eine schwache Wut stieg in ihm auf, die jedoch sogleich wieder verebbte. Er musste Anne hinter sich lassen, musste sich anderen Dingen zuwenden, ohne sie ganz und gar zu vergessen. Er zog seine Leica hervor und fotografierte das Wasser, auf dem sich winzige Strahlen brachen, obschon außer einem hellen, dünnen Streifen am Horizont noch überhaupt kein Licht zu bemerken war. Als würde das Wasser das Licht viel eher spüren, dachte Martin.

Die Kälte kroch ihm unter die Haut. Er wiegte sich sanft hin und her, um sich zu wärmen. Plötzlich sprang vor ihm ein Fisch aus dem Wasser, als steige da ein seltsames Wesen auf und versinke wieder. Ja, so wirkte es tatsächlich. Er war ganz fasziniert. So etwas hatte er noch nie gesehen.

Das Leben regte sich um ihn. Enten schrien oder Gänse, er wusste es nicht so genau, und dann trieb aus der Dunkelheit, die über dem Wasser schwebte, ein Schwan heran. Ganz allmählich näherte er sich, erhaben und viel größer, als Martin diese Vögel in Erinnerung hatte. Der Schwan bemerkte ihn und machte kehrt, und plötzlich stieg er aus dem Wasser auf, löste sich von der Oberfläche wie ein mythisches Wesen, während gleichzeitig ein erster zaghafter Sonnenstrahl über den Horizont glitt.

Martin lauschte, als wehe mit dem Licht auch von irgendwo eine Musik heran. Ein Vogel rief, ein anderer antwortete, und der Schwan flog majestätisch eine Runde über dem Wasser, als müsse er das Licht begrüßen.

Eine Weile saß Martin so da, ohne jeden Gedanken.

Höher und höher kroch das Licht, und langsam schien ihm eine rotglühende Sonne zu folgen. Immer mehr Dinge bekamen Konturen, die Steine um ihn, ein alter Baum am Ufer, in dem ein Segel hing, eine Kribbe, etwa dreißig Meter entfernt, auf der wie aus dem Nichts ein Angler auftauchte, den er bisher nicht bemerkt hatte, zwei andere Schwäne, die auf dem Wasser dahinglitten.

Es ist nur ein Sonnenaufgang am Fluss, sagte er sich, aber gleichzeitig war ihm, als habe er ein wirkliches Wunder erlebt: wie ein Licht buchstäblich aus dem Nichts über die Welt kam.

Erst als es richtig hell geworden war und die ersten Spaziergänger ihre Hunde ausführten und die Schwäne vertrieben, machte Martin sich auf den Rückweg. Er fühlte sich ein wenig wie ein Bergsteiger, der soeben eine harte Prüfung bestanden hatte und dem das Glück der Gipfelbesteigung noch anzusehen war. Manchmal schloss er für einen Moment die Augen und ging dann blind weiter, umfangen von eigener Finsternis. Wie gut es tat, das Licht zu spüren!

Der Alte hatte Recht gehabt; seine Aufgaben ergaben einen Sinn.

Zielstrebig kehrte Martin in die Stadt zurück. Der Himmel blieb winterblau und heiter. Ein Frühstück wäre nicht schlecht, mit frischem Brot und heißem Tee. Danach würde er versuchen, Johanna, seine Halbschwester, ausfindig zu machen, und sich um die Telefonnummer des alten Geigers kümmern. Allmählich gerieten seine Gedanken wieder in eine gewisse Ordnung. Er war froh, dass Köln für ihn nicht nur eine Zwischenstation geblieben war, ein Umstieg in den nächsten Zug. Nun musste er nur noch die Musik finden, etwas, worunter er sich noch nichts vorstellen konnte, aber das war ihm bei den zwei Aufgaben zuvor ähnlich gegangen.

Er erkannte die rothaarige Frau wieder, auch wenn sie diesmal keinen Geigenkasten bei sich trug. Sie sah verändert aus, ohne dass er zunächst sagen konnte, warum. Schließlich fiel es ihm auf: Sie trug unter einem schwarzen Mantel einen Rock und Stiefel und wirkte wie für ein Bewerbungsgespräch zurechtgemacht.

Martin überquerte die Straße. Er beobachtete, wie die Frau auf ein weißes Haus zusteuerte, ein modernes Gebäude mit viel Glas und Stahl. Solche Häuser kannte er von Werbeagenturen, für die er manchmal gearbeitet hatte. Beinahe hätte er seine Leica hervorgezogen, um die Frau heimlich zu fotografieren. Sie starrte vor sich hin, ein wenig angespannt und ängstlich. Vielleicht lag er richtig mit seiner Annahme, und sie war nervös, weil sie für einen neuen Job vorsprechen musste.

Vermutlich ist sie nur eine Aushilfsgeigerin, dachte Martin. Er konnte sich nicht erinnern, wann er zuletzt eine Frau auf offener Straße angesprochen hatte. Anne hatte er kennengelernt, weil er für ein Hochglanzmagazin Fotos zu einem Bericht über teure Geigen und Geigenbauer gemacht hatte.

»Hallo!«, rief er, nachdem er die Frau beinahe eingeholt hatte. »Hören Sie, ich muss mit Ihnen sprechen …

Nur eine kurze Auskunft …« Er wollte unbedingt von ihr erfahren, ob sie Anne gekannt und vielleicht sogar ihre Geige direkt bei ihr gekauft hatte.

Die Frau reagierte gar nicht, als wäre sie taub oder mit ihren Gedanken ganz woanders. Sie war ein Stück größer als er und bewegte sich viel anmutiger als bei ihrer ersten Begegnung. Auch dass ihr Haar fast schulterlang war, überraschte ihn.

»Hallo!«, rief er noch einmal, diesmal nicht mehr ganz so zaghaft.

Die Frau wandte sich um, aber gar nicht zu ihm, sondern zu einem Hund, der aus einer Einfahrt lief. Für einen Moment war Martin sicher, dass der Hund sich auf die Frau stürzen würde. Das Tier war recht groß, kein Schäferhund, aber von kräftiger Statur. Martin wappnete sich, eingreifen zu müssen, doch der Hund rannte an der Frau vorbei und stürmte auf die Straße, als sei er auf der Jagd und habe Witterung aufgenommen.

Der erste Wagen konnte dem Hund noch ausweichen, auf der zweiten Fahrspur jedoch wurde das Tier von einem Kleinbus erwischt und durch die Luft geschleudert. Mehrere hässliche Geräusche verbanden sich zu einem einzigen Missklang. Der Hund jaulte auf, Blech schepperte, ein Hupen ertönte, Reifen quietschten, jemand schimpfte lautstark, und dann ertönte ein ganzes Hupkonzert.

Die rothaarige Frau löste sich viel eher als er aus ihrer Erstarrung. Heftig gestikulierend lief sie auf die Straße, bedeutete nachfolgenden Autos, langsamer zu werden, und erreichte dann den Hund, der auf einem schmalen Mittelstreifen lag.

Martin lief ihr nach. Er zog seine Kamera hervor und machte ein Foto, eine alte Reporterkrankheit, die sich nicht so einfach abstellen ließ. Dann bedeutete auch er den nachfolgenden Autos abzubremsen. Der Kleinbus, der das Tier angefahren hatte, war offenbar weitergefahren, von ihm war keine Spur mehr zu entdecken, ein Hundebesitzer erschien ebenfalls nicht auf der Bildfläche.

»Haben Sie ein Telefon?«, rief die Frau ihm zu, als sie ihn erblickte. Sie hatte ihren linken Arm unter den Kopf des Hundes gelegt. Blut war nicht zu sehen, lediglich aus der Schnauze des Tieres zog sich ein rötlicher Faden.

»Nein, tut mir leid.« Er schaute die Frau an. Sie wirkte ernst, aber nicht panisch und gab keinerlei Zeichen, ob sie ihn wiedererkannt hatte.

»Dann halten Sie einen Wagen an! Jemand soll die Polizei rufen und die Feuerwehr. Bei Unfällen mit Tieren kommt die Feuerwehr.« Dann beugte sie sich wieder über den Hund, strich ihm über den Kopf und redete besänftigend auf ihn ein.

Martin bahnte sich einen Weg zurück über die Straße. Ein blauer Kombi hatte angehalten. Der Fahrer hatte schon sein Mobiltelefon am Ohr.

Martin bat ihn mit einer Geste, sein Seitenfenster zu öffnen. »Rufen Sie bitte auch die Feuerwehr! Es handelt sich um einen schwer verletzten Hund.«

Der Mann nickte, während er weiter in sein Telefon sprach.

Ein anderer Mann rief vom Gehsteig herüber: »Können Sie nicht auf Ihren Hund aufpassen! Verdammter Köter! Da hätte wer weiß was passieren können.«

»Es ist nicht mein Hund«, entgegnete Martin, aber der Mann hatte sich schon fluchend abgedreht und wandte sich an einen Radfahrer, der gleichfalls stehen geblieben war und ihm nickend Recht gab.

Langsam setzte sich die Autokolonne wieder in Bewegung.

»Helfen Sie mir!«, rief die rothaarige Frau ihm zu. »Wir müssen den Hund hier wegschaffen.«

Er kam ihr entgegen, aber die Frau hatte den Hund schon aufgehoben. Nun blutete er heftiger aus dem Maul. Wie tot lag er in ihren Armen, allein seine Augen flackerten panisch und verrieten, dass er noch lebte.

»Vielleicht packen Sie ihn an den Hinterläufen, aber vorsichtig, er muss furchtbare Schmerzen haben. Ist der Scheißkerl abgehauen, der ihn angefahren hat?« Sie funkelte ihn an, als sei er dafür verantwortlich.

»Sieht ganz so aus.« Zaghaft packte Martin den Hund an den Hinterläufen. Zum ersten Mal sah er das Gesicht der Frau aus der Nähe. Ihre Stirn war von Sommersprossen übersät. Sie war leicht geschminkt, ihre Lider dunkel nachgezogen, ein Bronzeton lag um ihre dunklen braunen Augen.

Es war kein guter Moment, trotzdem wollte er nach ihrer Geige fragen, nach Annes Initialen auf dem Geigenkasten.

Auf der Gegenspur raste ein Polizeiwagen heran. Bevor er noch richtig zum Stillstand gekommen war, sprang ein Polizist heraus. »Ist das Ihr Hund?«, fragte er. »Hat es auch einen Personenschaden gegeben?«

»Personenschaden?« Martin war über dieses Wort so verblüfft, dass er die Antwort der Frau überließ.

»Der Unfallfahrer ist abgehauen. Es geht hier nur um einen verletzten Hund, der vielleicht gleich stirbt«, erwiderte sie voller Sarkasmus, den der Polizist jedoch nicht verstand.

»Ich brauche Ihre Personalien«, sagte er, »Sie als Hundehalter sind gesetzlich verpflichtet …«

»Wir sind nicht die Hundehalter«, unterbrach Martin ihn. Die Frau warf ihm einen düsteren Blick zu, den er nicht zu deuten wusste. Hatte dieses »Wir« sie gestört? Oder wollte sie ihn zu einem härteren Tonfall antreiben?

Von weitem waren nun auch die Sirenen der Feuerwehr zu hören. Ein roter Kastenwagen schlängelte sich zwischen der Wagenkolonne hindurch und kam langsam näher. Der Hund versuchte den Kopf zu heben. Das Geräusch schien ihn zu ängstigen.

»Können Sie sich umschauen, ob die Leute, denen der Hund gehört, hier irgendwo wohnen?« Die Frau sah Martin bittend an. Nun klang sie schon wesentlich freundlicher.

Wie heißen Sie?, wollte er sie fragen. Gehen Sie nicht, bevor ich mit Ihnen gesprochen habe.

Der Feuerwehrwagen hielt; es war kein Löschfahrzeug, sondern ein größerer Kombi, auf dem *Tierrettung* stand. Die Frau schien sich auszukennen.

Martin lief in die Einfahrt hinein, aus der er den Hund hatte herausstürmen sehen. Ein graues Wohnhaus, nicht zu vergleichen mit den anderen, moderneren Gebäuden der Straße. Ein paar Plastikmülltonnen standen da, zwei Fahrräder, ordentlich angekettet, graue Balkons auf der Rückfront, mit Netzen gegen Tauben geschützt, hinter einer winzigen Wiese ein kaputter Zaun aus Maschendraht, dahinter kahle Bäume und Gestrüpp. Unschlüssig blieb Martin stehen. Vielleicht war das Tier auch von dort gekommen, hatte sich irgendwo losgerissen. Ratlos spähte er die Fassade hinauf. Alles wie ausgestorben. Kein Mensch zu sehen. Hier schien niemand einen Hund zu vermissen. Martin ging zu einem schmalen Eingang, der ins Treppenhaus führte. Es roch nach einem scharfen Putzmittel. Kurz lauschte er, ob sich hinter der ersten Tür, an der er vorbeikam, etwas regte. Nichts. Keine Stimme, kein Radio oder sonst etwas.

Kurz entschlossen klingelte er. Eine schrille Türglocke ließ ihn zusammenfahren, und einen Moment später wurde zu seinem Erstaunen tatsächlich geöffnet. Ein Mann, der ein elegantes Hemd und eine rote Krawatte trug, lehnte da, sagte jedoch kein Wort, sondern schaute Martin lediglich herausfordernd an.

»Vermissen Sie einen Hund?«, fragte Martin verblüfft. Er hätte ein verschlafenes Gesicht erwartet, aber keinen Hausbewohner, der aussah, als würde er gleich in die Oper gehen. »Vor der Tür ist eben ein Hund angefahren worden.«

»Bei uns im Haus gibt's keine Hunde«, erwiderte der

Mann. »Sind hier nicht erlaubt.« Er lächelte matt und gleichgültig und schloss die Tür wieder.

Martin spürte, dass er ins Schwitzen geraten war, trotz der Eiseskälte, die immer noch herrschte.

Als er das Haus durch den Vordereingang verließ, bemerkte er, dass der Verkehr wieder normal lief. Der Wagen mit der Aufschrift *Tierrettung* war verschwunden, ebenso die rothaarige Frau.

Sie ist mitgefahren, dachte er, klar, sie wollte den Hund nicht allein lassen.

Nicht einmal ihren Namen hatte er erfahren.

Wie konnte er sie wiederfinden?

SIEBTES KAPITEL

Von der blonden Frau hinter der Rezeption ließ Lea sich eine Zigarette geben, die erste seit knapp zehn Jahren. Da war sie mit Johanna in einem holländischen Badeort gewesen und unglücklich verliebt.

Hektisch rauchte sie, dann und wann warf ihr die Frau einen mitfühlenden Blick zu. Männer mochten früher so ähnlich vor den Kreißsälen gehockt haben, wenn sie auf den ersten Schrei ihres Kindes gewartet hatten.

Statt sich bei dem Abtreibungsarzt untersuchen zu lassen, war sie auf den Hund gekommen. Im Grunde hätte sie laut loslachen mögen.

»Wie lange dauern solche Operationen gewöhnlich?«, fragte sie die blonde Frau an der Rezeption.

Die Blonde zuckte mit den Schultern. »Kommt immer darauf an, wie schwer der Unfall war. Aber der Doktor tut sein Bestes. Ich bin fast sicher, dass Ihr Hund es übersteht.«

Lea hatte es aufgegeben, darauf hinzuweisen, dass es gar nicht ihr Hund war, der da auf dem Operationstisch lag. Sie war nur zufällig vorbeigekommen, aber bisher schien sich niemand gemeldet zu haben, der einen mittelgroßen braunen Mischling vermisste. Der Hund war ziemlich struppig und unterernährt gewesen, es mochte also sein, dass er schon geraume Zeit frei herumgelaufen war.

Ihr Handy funktionierte mal wieder nicht, und darum bat sie, telefonieren zu dürfen, und sagte ihren Termin bei dem Arzt ab, den sie erst am Morgen um kurz nach acht gemacht hatte. Da hatte es geklungen, als habe sie das goldene Los gezogen, weil eine Voruntersuchung wegen einer Terminverschiebung bereits am Vormittag möglich sei.

»Wann möchten Sie einen neuen Termin?«, fragte die Frau, die schon bei ihrem ersten Telefonat so arrogant geklungen hatte, als würde sie Audienzen vergeben.

»Gar nicht«, erwiderte Lea. »Es hat sich erledigt. Ich möchte keinen Termin mehr bei Ihnen.«

Sie legte auf, ohne eine Erwiderung abzuwarten, und inhalierte einen letzten tiefen Zug. Sie hatte keine Ahnung, was sie tun würde, wenn gleich der Tierarzt kam und sie fragte, was mit dem Hund geschehen solle. Verletzte Hunde, die niemand haben wolle, würden ins Tierheim gebracht, hatte ihr der Mann von der Tierrettung erklärt. So etwas sei nicht ungewöhnlich.

Der Raum war überhitzt, und auch wenn ständig Leute mit Hunden, Katzen, Vögeln in Käfigen hereinkamen, fielen Lea bald die Augen zu.

Im Halbschlaf spürte sie ihre schmerzende rechte Hand, sie würde ihre drei Beerdigungen absagen müssen, und dann, plötzlich, tauchte das Gesicht des Mannes vor ihrem inneren Auge auf. Klar, das war doch der Typ, den sie am Tag zuvor beinahe mit dem Rad angefahren hatte, weil er rückwärts aus dem Friedhof gelaufen war. Verfolgte der Kerl sie? Warum war er schon wieder da gewesen?

Dann wurde ihr Name aufgerufen. »Frau Sommerfeld?«

Die blonde Frau von der Rezeption stand vor ihr. »Die Operation ist beendet.«

Der Hund ist tot, dachte Lea sofort, deshalb spricht man so mitfühlend mit mir. Der namenlose, magere Mischling ist einfach so gestorben, ohne dass es irgendjemanden kümmerte.

»Ihr Hund hat die Operation gut überstanden. Seine Hüfte hinten links ist angebrochen, ansonsten hat er eine Gehirnerschütterung und drei Zähne verloren. In etwa einer Stunde wird er aus der Narkose erwachen. Sie können ihn dann mitnehmen.«

Mitnehmen? Ihr Hund?

»Der Hund gehört nicht mir. Ich bin nur zufällig … auf dem Weg zum …« Lea winkte ab und erhob sich. »Was muss ich beachten, wenn ich den Hund mitnehmen will?«

Die Frau lächelte. »Wir haben da ein Merkblatt entworfen. Der Hund soll sich möglichst wenig bewegen, aber das wird er ohnehin nicht tun, weil er Schmerzen hat. Morgen früh müssen Sie dann zur weiteren Behandlung wiederkommen.« Die Rezeptionistin kehrte hinter ihren Tresen zurück. »Wie heißt denn Ihr Hund?«

Einen Moment überlegte Lea. »Schreiben Sie Paganini!«, sagte sie dann.

»Ach, wie der berühmte Clown.« Die Frau tippte den Namen ein.

Lea zuckte mit den Achseln. Nein, wie der berühmte Geiger und Komponist, wollte sie verbessern, doch dann seufzte sie nur. »Ja, wie der berühmte Clown.« Sie gab ihre Adresse an und erfuhr dann, dass die Operation inklusive Nachbehandlung ungefähr tausend Euro kosten würde. Das war die Miete für zwei Monate, das waren Lebensmittel für mindestens zehn Wochen, das waren zwanzig größere Beerdigungen mit drei Liedern, die Aufträge eines Monats, wenn alles bestens lief.

Na, wenn sich der wahre Besitzer noch bei der Polizei oder der Tierrettung meldete, könnte sie das Geld ja zurückverlangen, doch sie ahnte bereits, dass niemand auftauchen würde.

Sie hatte nun nicht nur ein ungeborenes Kind ohne zahlenden Vater, sondern auch einen teuren, schwer verletzten Hund.

Lea widerstand dem Impuls, aufzustehen und zu gehen.

»Sie können den Hund gleich sehen«, sagte die Frau, die Leas Unruhe missdeutete.

Der Hund lag in einem winzigen gefliesten Raum auf einer grauen Matte. Er hatte eine Art Strickverband um die Hinterläufe und ein großes Pflaster an der rechten, kahl rasierten Hüfte.

Lea kniete sich zu ihm und streichelte ihm den Kopf. »Paganini«, flüsterte sie, »du hast nun einen neuen Namen.«

Zu ihrer Überraschung öffnete der Hund die Augen. Ohne sich zu regen, starrte er sie an. Sie erblickte ihr eigenes ratloses Gesicht in seinen braunen Augen und sah sich lächeln. Sie wusste nicht einmal, wie alt das Tier war oder was für Rassen sich da vermischt hatten, aber eigentlich war es ja auch gleichgültig. Sie hatte einen neuen Mitbewohner, um den sie sich kümmern musste.

Es gab so viele Dinge zu bedenken, wenn man einen Hund besaß. Die Schwierigkeiten fingen schon an, als der Taxifahrer sie mit dem verletzten Tier im Arm auf der Straße stehen sah.

»Die Töle kackt mir doch wohl nicht in den Wagen?«, lautete sein erster Kommentar. »Das kostet extra, mindestens eine Grundreinigung plus Verdienstausfall.«

»Nein, der Hund hat noch nie in einen Mercedes gekackt«, erwiderte Lea, obwohl sie plötzlich selbst unsicher wurde. Zum Glück hatte ihr die Frau von der Rezeption neben der Decke auch eine Plastikunterlage mitgegeben.

Zwölf Euro kostete das Taxi bis vor ihre Haustür. Sie konnte sich gar nicht mehr erinnern, wann sie zuletzt nicht mit dem Fahrrad oder der Straßenbahn gefahren war.

In der Wohnung legte sie den Hund auf die Decke vor die Heizung. Sie keuchte schwer von der Anstrengung, und er leckte ihr die Hände und schaute sie immer wieder an. Erschöpft legte sie sich neben ihn. Am Abend, wenn er kurz vor die Tür musste, um sein Geschäft zu erledigen, würde sie ihn wieder die acht Treppen hinunter- und hinauftragen. Der Hund solle sich durchaus ein wenig bewegen, hatte die blonde Frau gesagt, aber nicht laufen und springen und vor allem keine Treppen steigen. Dann könne die Wunde aufplatzen.

Paganini roch streng nach Desinfektionsmittel und irgendwie nach ihrem alten Teppich, der früher in ihrem Kinderzimmer gelegen hatte. Lea dachte, dass es für Kinder sehr schön sei, mit einem Hund aufzuwachsen. Durften Hunde mit auf Friedhöfe? Konnte sie mit ihrem Rad durch die Stadt fahren und hoffen, dass Paganini ihr folgte? Würde er nun, nach dem Unfall, nicht eine Heidenangst vor Autos haben?

Lea bemerkte, dass an ihrem Anrufbeantworter das rote Lämpchen hektisch blinkte, aber sie war zu müde, um aufzustehen. Ein neuer Auftrag? Nichts würde sie nun dringender brauchen als ein paar lukrative Auftritte, doch eigentlich fühlte sie sich viel zu schwach, um einen Bogen in die verletzte Hand zu nehmen.

Lea erwachte, weil Paganini ihr über die Hände schleckte. Sie schrak auf und blickte in das Gesicht des Tieres. Einen Moment brauchte sie, um sich zu erinnern. Paganini war nun ihr Hund. Er hatte das Maul geöffnet, man sah die leeren Stellen, wo ihm die Zähne beim Unfall herausgebrochen waren. Viel mehr jedoch konnte sie nicht erkennen, weil es draußen bereits dämmerte. Ihr Radiowecker zeigte knapp halb fünf. Sie hatte ihre Beerdigungen verpasst. Hundertfünfzig Euro zum Teufel.

Nachdem sie sich mühsam erhoben hatte, versuchte auch der Hund auf die Beine zu kommen. Sie half ihm, indem sie ihm unter den Bauch griff. Er jaulte kurz auf, dann jedoch stand er wacklig auf vier Beinen da. Der Streckverband erlaubte nur wacklige Schritte, aber immerhin – Paganini konnte sich bewegen. Fragend, mit geöffnetem Maul schaute er zu ihr empor.

»Klar«, sagte sie, »wir müssen auf die Straße.«

Sie schaltete das Licht an und ging in die Küche. Der Hund folgte ihr mit kurzen, schlurfenden Schritten. Bevor sie sich einen Tee kochte, stellte sie ihm eine Plastikschale mit Wasser hin, über die er sich sogleich hermachte. Daran hätte sie auch früher denken können.

Dann zog sie sich ihren Mantel über und trug den Hund auf die Straße hinunter. Er war zwar ziemlich mager, aber trotzdem musste er mindestens zwanzig Kilo wiegen, keine Kleinigkeit, auch wenn sie durch das Geigespielen und Radfahren einigermaßen in Form war.

Sie ließ ihn auf einem Baugrundstück hinter ihrem Haus sein Geschäft verrichten. Dann schnüffelte er ein wenig an einer Laterne und einem alten Holzzaun. Lea nahm das als gutes Zeichen.

Schließlich packte sie ihn und schleppte ihn wieder in ihre Wohnung hinauf. Paganini winselte nur kurz, ansonsten schien er zu begreifen, dass sie seine Retterin war, und ertrug alles geduldig.

In eine zweite Plastikschale stellte sie ihm ein wenig Brot mit Käse hin; mehr hatte sie nicht für ihn. Paganini schien nicht verwöhnt zu sein. Er schnupperte kurz und fraß dann laut und schmatzend, ohne einmal innezuhalten oder aufzublicken.

Lea schaute ihm zu und hörte dann ihren Anrufbeantworter ab. Die Stimme vom Band ließ sie zusammenzucken. Christoph meldete sich. Hatte Johanna ihm womöglich von seinem Kind erzählt, und rief er deshalb reumütig an? Vielleicht gab es doch noch eine Chance für sie.

Ihre Hoffnung währte nur einen winzigen Moment. Christoph klang verärgert.

»He, Lea«, sagte er, »was soll das? Lass mich in Ruhe! Was rennst du mir nach? Glaubst du, ich hätte dich gestern Abend nicht gesehen? Ich mag es nicht, wenn du mir nachspionierst. Ich habe noch ein paar Sachen bei dir. Sag mir Bescheid, wann ich sie abholen kann! Am besten wäre es, wenn du dann nicht zu Hause wärst. Den Schlüssel …« Sie drückte seine Stimme weg.

Mehr Anrufe waren nicht eingegangen. Keine neuen Aufträge! Kein Anruf der Polizei, dass sich der Besitzer von Paganini gemeldet hatte.

Ein Gefühl der Leere überfiel sie. Wie hatte ihr einfallen können, sich auch noch um ein Tier zu kümmern? Sie kam schon so mit dem Leben nicht zurecht, und nun hatte sie noch einen verletzten Hund, der vielleicht nie mehr wieder richtig laufen würde – nicht zu vergessen das Kind, das keinen Vater hatte. Großartig!

Sie öffnete ihre letzte Flasche Rotwein und nahm einen langen Schluck. Immer mehr Dunkelheit wogte wie eine schwarze Welle ins Zimmer. Der Hund hatte sich wieder zusammengerollt. Wenn Paganini blieb, würde sie Weihnachten zumindest nicht allein sein. Ihre Mutter hatte einen neuen Kavalier, wie sie jeden ihrer Männer nannte, und Johanna musste sich um irgendeinen Gospelchor kümmern, den sie managte und notfalls selbst durch die Gegend fuhr. Keine besonders guten Aussichten, aber vielleicht hätte ihre Schwester Vera Zeit für sie. Nein, Vera verbrachte Weihnachten immer bei ihren kreuzbraven Schwiegereltern.

Das Klingeln des Telefons zerriss die Stille.

Lea nahm noch einen Schluck, bevor sie abhob. Christophs anklagende Stimme würde sie nun schwerlich ertragen.

»Was hat der Arzt gesagt?«, fragte Johanna. »Bist du schon bei ihm gewesen?«

»Der Arzt?« Lea erinnerte sich wie an etwas, was sehr lange zurücklag. Ja, als es am Morgen hell wurde, hatte sie wegen der Abtreibung zum Arzt gehen wollen.

»Was hat er gesagt? Hast du schon einen Termin?« Johanna klang so geschäftsmäßig, wie sie auch mit ihren Klienten redete, wenn es um Verträge und Tantiemen ging.

»Ich war auf dem Wege«, sagte Lea zögernd, »aber dann ist mir etwas dazwischengekommen. Ein Hund …«

»Ein Hund?«, fragte Johanna entgeistert.

»Ja«, Johanna fühlte sich nun sicherer, »ein Hund ist überfahren worden, direkt vor der Praxis. Ich musste mich um das verletzte Tier kümmern. Anscheinend gehört es niemandem. Ich habe den Hund Paganini genannt – wie den Geiger.«

Johanna lachte kurz auf. »Lass mich raten«, sagte sie.

»Ich schätze, dass der Hund nun zu deinen Füßen liegt und wohlig schnurrt.«

»Hunde schnurren nicht«, erwiderte Lea.

»Und das Kind?«

Lea antwortete nicht.

Johanna stöhnte auf. »Lea, ist dir noch zu helfen? Was ist mit dem Kind?« Dann, als ahne sie, dass sie auf diese Frage keine Antwort erhalten würde, wurde ihre Stimme sanfter. »Ich habe einen Auftritt für dich. Eine besondere Sache, nicht ganz einfach, aber wenn es klappt, werden dir ein paar tausend Leute zuhören. Jedenfalls eine echte Chance, die du dir nicht entgehen lassen darfst.« Sie stöhnte wieder. »Deine Töle kannst du da aber nicht mitnehmen.«

ACHTES KAPITEL

Martin saß an der Bar. Ein anderer Barkeeper als am Abend zuvor hatte nun, am späten Nachmittag, Dienst und hockte hinter der Theke. Er war älter, hatte ein zerfurchtes, braungebranntes Gesicht und schwieg beharrlich. Außer einem kurzen Gruß war kein Wort über seine Lippen gekommen. Martin orderte Kaffee, den er stark gesüßt trank. Aus zwei kleinen Lautsprechern klangen italienische Arien. Rossini oder Verdi – er wusste es nicht so genau. Niemand sonst war in der Bar.

Der alte Geiger hatte ihm nicht gesagt, dass man nach der zweiten Aufgabe in ein tiefes Loch fallen würde, dass einen wie eine Krankheit eine seltsame Müdigkeit überfiel. Was sollte er nun tun? Er ahnte, dass er die Frau mit den roten Haaren finden musste, die Geigerin, die mit dem verletzten Hund davongefahren war.

Aus einem Einfall heraus hatte er sich ein Mobiltelefon besorgt, das sofort funktionierte, und dann hatte er die Feuerwehr angerufen, doch niemand konnte ihm genau sagen, was mit dem Hund nach dem Unfall geschehen war. Für gewöhnlich fahre man zu einer der Tierkliniken in der Stadt, wenn man einen verletzten Hund übernommen habe, manchmal allerdings auch nur zu einem Tierarzt in der Nähe. Mehr könne man ihm leider nicht mitteilen.

Er kannte nicht einmal den Namen der Frau oder des Hundes, und seine Beschreibung war überaus unpräzise.

Als es draußen zu dunkeln begann, stellte er sich vor, wie der Schwan am Morgen vor dem Licht aufgeflogen war, ein Schemen, der immer heller und heller wurde, bis er wie ein weißer Schatten über dem Wasser dahinschwebte. Ein schönes, hoffnungsfrohes Bild.

Plötzlich fiel ihm seine Leica ein. Er hatte ein Foto von der Frau und dem Hund gemacht.

In einer Gasse am Bahnhof fand er ein Geschäft mit einem Schaufenster voller scheußlicher Hochzeits- und Geburtstagsfotos. Am liebsten hätte Martin den Film selbst entwickelt, hätte sich ein wenig Zeit im Labor erkauft, doch kein Fotograf der Welt würde einen Fremden an seine Geräte lassen. Es kostete ihn fünfzig Euro, um den Fotografen zu überreden, den Film sofort zu entwickeln.

»Zwei Stunden«, erklärte der Mann lächelnd. »So viel Zeit brauche ich schon.«

Martin nickte.

Als er den Laden verließ, beobachtete er, wie der Fotograf hinter ihm absperrte, und schöpfte wieder Hoffnung. Das Foto wird mir einen Anhaltspunkt liefern, sagte er sich, ich werde zwar nicht den Namen der Frau erfahren, doch mit einem Bild kann ich mich auf die Suche begeben.

Dunkelheit fiel über die Stadt. Obwohl ein paar Straßenlaternen brannten und gelegentlich Autos durch die Gasse fuhren, wurde es rasch stockfinster. Nur wenige Fenster waren erleuchtet, als wären alle Menschen noch unterwegs.

Martin überlegte, in die Bar zurückzukehren und dann vielleicht seine Halbschwester anzurufen. Plötzlich sah er sie. Auf ihrem Rad fuhr sie in schnellem Tempo die Straße hinunter, die Kapuze ihrer Trainingsjacke tief ins Gesicht gezogen, den Geigenkasten auf dem Rücken. Er hob die Hand, aber sie achtete gar nicht auf ihn. Sie schien stets in Eile zu sein, aber immerhin war ihr bei dem Sturz nichts Ernsthaftes passiert.

»Hallo«, rief er, »warten Sie! Ich habe Ihnen heute Morgen mit dem Hund geholfen.«

Ein alter Mann, der soeben einen kleinen Zeitungsladen verließ, drehte sich zu ihm um, das Mädchen trat indes unbeirrt weiter in die Pedale. Ihm blieb nichts anderes übrig, als ihm nachzulaufen. Über unebenes Kopfsteinpflaster rannte er der jungen Frau hinterher und bemerkte erst, als ihm ein Auto mit aufblinkenden Scheinwerfern entgegenkam, dass die Geigerin ohne Licht und in entgegengesetzter Richtung in eine Einbahnstraße raste. Dann bog sie nach links ab. Er hatte mittlerweile fast fünfzig Meter Rückstand. Nachdem er ebenfalls die nächste Gasse erreicht hatte, beobachtete er eben noch, wie sie vor einem hell erleuchteten Gebäude ihr Fahrrad absperrte und die Eingangstür öffnete.

Seine Lungen schmerzten bereits; er konnte kaum mehr

atmen. Die letzten Monate ohne Anne hatten ihm zugesetzt. Er hatte sich gehen lassen. Zum ersten Mal begriff er, warum man ihm etliche Aufträge nicht mehr gegeben hatte. Von einem ordentlichen Fotoreporter, der mit festen Aufträgen rechnen konnte, war er innerhalb weniger Wochen zu einem Hochzeitsfotografen herabgesunken. Er war völlig außer Form. Ein kleiner Sprint brachte ihn an den Rand der Erschöpfung.

Das Gebäude sah wie eine Schule aus, rote Metallfenster, eine breite gläserne Eingangstür. In der Eingangshalle standen lange Reihen von Schließfächern. Martin kam an einer gänzlich leeren Garderobe vorbei und folgte einem lediglich schwach beleuchteten Gang, von dem etliche rot lackierte Türen abgingen. Hinter welcher war die Geigerin verschwunden? Sie konnte doch allenfalls einen Vorsprung von wenigen Sekunden haben. An der ersten Tür, die er passierte, lauschte er. Eine Stimme war zu hören. Vorsichtig drückte er die Klinke herunter und spähte in den Raum. Ein paar leere Plastikstühle standen da, und hinter einem hölzernen Pult saß ein grauhaariger Mann in einem schwarzen Rollkragenpullover. Die Ärmel hatte er hochgeschoben, als habe er eine schwere Aufgabe vor sich, eine randlose Brille war ihm auf die Nasenspitze gerutscht.

Der Mann nahm Martin sofort als Störenfried ins Visier und hob fragend die Augenbrauen.

Die junge Frau geriet erst in Martins Blickfeld, als er kurz den Kopf wandte. Sie hatte ihre Trainingsjacke abgestreift und war dabei, ihren Geigenkasten zu öffnen.

Sie war jung, vielleicht zwanzig, hatte ihre Haare zu Zöpfen geflochten, wie man sie in Filmen aus den fünfziger Jahren gelegentlich sah. Mit der rothaarigen Geigerin hatte sie keinerlei Ähnlichkeit.

Der Mann hinter dem Pult erhob sich. »Ich habe jetzt keine Sprechstunde«, sagte er ruhig. »Bitte stören Sie den Unterricht nicht.«

»Ein Versehen«, stammelte Martin. »Tut mir leid.« Er lächelte dem Mann verlegen zu, doch der hatte seine Aufmerksamkeit bereits wieder auf seine Schülerin gerichtet.

Enttäuscht kehrte Martin in die Eingangshalle zurück. Dort bemerkte er ein Plakat, das für ein Konzert junger Musiker warb. Demnach war er in der Musikhochschule gelandet. Hinter der Tür, die er geschlossen hatte, erhoben sich leise und zaghaft die Klänge einer einzelnen Geige.

Der Schwan über dem Wasser, dachte er, das bin ich, das muss ich sein, aus der Dunkelheit emporgestiegen.

Martin stand in seinem Hotelzimmer, von dem aus er einen Winkel des Bahnhofs sehen konnte, ein paar erleuchtete Bahnsteige, auf denen jedoch niemand aus- und einstieg, weil die Züge nicht hier, sondern weit früher, unter dem großen eisernen Kuppeldach der Haupthalle, hielten. Vielleicht wäre es doch gut gewesen, seine Sachen zu packen und in den Zug nach München zu steigen, wie er es beabsichtigt hatte. Er hatte den weißen Stein auf das Grab gelegt und das aufsteigende Licht gesehen. Mehr hatte er vielleicht gar nicht tun müssen.

Er wusste nicht mehr, wann er seine Leica das letzte Mal benutzt hatte. Zum Arbeiten brauchte er sie normalerweise nicht, dafür eignete sie sich nicht, weil sich mit ihr keine schnellen Bilder schießen ließen.

Der Fotograf hatte sechzehn Aufnahmen entwickelt.

Darauf war er nicht vorbereitet gewesen, sich selbst mit Anne zu sehen. Wer hatte das Bild gemacht? Vermutlich irgendein Spaziergänger an der Außenalster. Auf dem Foto war alles anders, als er es in Erinnerung hatte. Anne trug ein Sommerkleid, sie lachte, und im Hintergrund lag ein Segelboot. Sie hatten auch segeln wollen, aber dann war ihm dieser Auftrag geplatzt. Aufnahmen für einen Katalog, nichts wirklich Großes, ein kleiner Versandhändler, der vor allem alternative, handgemachte Kleidung anbot. Und trotzdem eine Niederlage. Zwei Tage vorher hatte er die Aufnahmen des neuen Ensembles des Thalia-Theaters abbrechen müssen, weil er Magenkrämpfe bekommen hatte. Er hatte das Gefühl, nicht mehr arbeiten zu können, den Überblick zu verlieren. So hatte er auch in die Kamera geblickt, mit gerunzelter Stirn, leblosen Augen, wie ein Todkranker.

Auch ein zweites Foto, das Anne geschossen hatte, bestärkte diesen Verdacht. Das war er doch gar nicht, dieser düstere dunkelhaarige Mann, der nicht lächelte, sondern Asche im Blick hatte. Er hatte sich immer ganz anders gesehen.

Mit Beklommenheit erinnerte er sich daran, dass die Leute vom Theater etwas anderes von ihm verlangt hatten, keine normalen Porträtfotos von Schauspielern, sondern kleine Inszenierungen, die jedem Charakter gerecht wurden, etwas über ihn verrieten und doch so spannend wirkten, dass man auf jeden einzelnen Darsteller neugierig wurde. Werbung für das Theater und seine Akteure, ohne in eine plumpe Werbeästhetik zu verfallen. Daran war er gescheitert. Er war an seine Grenzen gestoßen, und dieses Gefühl hatte den ganzen Sommer verdunkelt. Er war gar nicht der freundliche, positive Mann an Annes Seite gewesen, voller Verständnis, liebevoll, immer für sie da, während sie die ewig Zweifelnde war, die sich ständig verloren und heimatlos glaubte.

Die anderen Fotos waren zum Glück harmlos, zeigten den Rhein, die Birke in seinem Kinderwäldchen und den weißen Stein auf dem Grab seiner Mutter.

Aufatmend betrachtete er die Bilder. Sie besaßen sogar einen künstlerischen Reiz, einen scharfen Kontrast von Hell und Dunkel, wie er ihm gefiel. Vielleicht hätte man daraus sogar eine Serie machen können: Wo konnte man überall einen weißen Stein platzieren, und wie veränderten sich die Orte daraufhin?

Dic letzte Aufnahme zeigte die rothaarige Frau und den Hund, aber alles an dem Foto war misslungen; er hatte zu schnell abgedrückt. Der Schatten eines Wagens huschte an einer Seite vorbei, die Frau war nur im Profil zu sehen, viel Haar im Wind, wenig Gesicht, von dem Hund konnte man allenfalls die Hinterläufe erahnen, aber es hätte auch ein anderes pelziges Tier sein können, das da lag.

Mit diesem Foto würde er sie niemals finden.

Wo sollte er die Musik, die Brücke, von der der Alte gesprochen hatte, wo die rothaarige Frau suchen? Einen Tag lang trieb Martin sich auf dem Friedhof herum, lief in Kirchen hinein, was er schon seit Jahren nicht mehr getan hatte, und schlenderte die Uferpromenade hinauf und hinunter. Wenn er Musik hörte, war es lausige Weihnachtsmusik aus Kaufhäusern oder Marktbuden. Touristen strömten durch die Stadt, eilten hektisch vom Dom zu den Weihnachtsmärkten. Vielleicht hätte er die Rothaarige sogar übersehen, wenn er ihr begegnet wäre. Nein, eine Frau mit einem Geigenkasten war ihm nicht über den Weg gelaufen, da war er sich trotz des Gedränges sicher.

Seiner Halbschwester hatte er auf ihren Anrufbeantworter gesprochen. Unsicher, als wüsste er nicht genau, ob er sich überhaupt so nennen dürfe, hatte er seinen Namen genannt. Johanna schien nicht geheiratet zu haben. Noch immer hieß auch sie *Blum*. Einen Tag lang wartete er vergeblich auf ihren Anruf. Dann machte er sich auf den Weg zu der Adresse, die der alte Geiger ihm genannt hatte.

Er würde ihm gestehen, dass er nicht weiterkam. Er hatte geglaubt, zwei Dinge erledigt zu haben, den Stein platziert, das Licht gefunden, doch an der dritten Aufgabe scheiterte er. Die Stadt war voller Töne, allerdings ohne jede Musik, die eine Brücke zwischen dem Tod und dem Leben sein könnte.

Was wird, wenn der Alte mich nicht sehen will? Wenn er sich vielleicht gar nicht mehr an mich erinnert? Oder mich auslacht, weil ich sein Gerede ernst genommen habe? Martin schob die Zweifel entschlossen beiseite. Nach diesem Besuch würde er die Stadt verlassen und nach München fahren, um dort einen neuen Anfang zu versuchen.

Die Adresse lag in der Südstadt, ein Stück den Rhein hinauf. In Gedanken versuchte Martin Worte für den Alten zu finden. Ich bin zufällig vorbeigekommen und wollte Ihnen guten Tag sagen? Nein, er sollte ehrlich sein und dem Geiger genau erklären, warum er da war.

Als sein Telefon klingelte, brauchte er einen Moment, um überhaupt zu begreifen, dass dieses melodische Geräusch ihm galt.

»Ich dachte, du wärest tot«, sagte eine Stimme.

Seine Halbschwester klang hart und vollkommen geschäftsmäßig. Früher hatte ihre Stimme der ihrer Mutter geglichen, beide hatten mit einer leichten dialektalen Färbung gesprochen. Den kölnischen Einschlag hatte Johanna sich nun abgewöhnt.

»Tot?«, fragte er.

»Was willst du?«, fragte sie. »Brauchst du Geld?«

Solch einen Ansturm an Unfreundlichkeit hatte er nicht erwartet.

»Ich bin auf der Durchreise, und da dachte ich …«

»Zum ersten Mal seit neun Jahren auf der Durchreise?« Sie betonte das Wort »Durchreise« verächtlich.

Es war ein verbotenes Terrain. Was hatte ihre Mutter stets geantwortet, wenn sie nach ihren Vätern gefragt hatten? »Männer auf der Durchreise.«

»Schießt du immer noch deine idiotischen Fotos?

Glasscherben im Sonnenlicht… Als unsere Mutter im Sterben lag, hast du draußen Baumstämme fotografiert.«

Er hatte eine andere Erinnerung. Hatte er nicht ständig am Bett seiner krebskranken Mutter gesessen, hatte ihr vorgelesen und ihr Trost zugesprochen?

»Ich dachte, wir könnten uns sehen«, erwiderte er zaghaft.

Er hörte, wie Johanna zögerte, einen tiefen Atemzug tat. Sie schien zu rauchen. Auf dem Band ihres Anrufbeantworters hatte sie ein wenig stolz gesagt: »Hier, Johanna Blum, Internationale Künstleragentur.«

»Also gut«, sagte sie, »wenn du willst, kannst du vorbeikommen. Ich sitze in meinem Büro. Eine halbe Stunde Zeit habe ich für dich. Keine Minute länger.«

Früher hätte er sich nach einem solch unangenehmen Telefonat gedrückt, da hätte er seine Halbschwester noch einmal angerufen und abgesagt, oder er wäre einfach nicht hingegangen, aber nun glaubte er keine Wahl zu haben.

Drei Weihnachtsmänner kamen ihm entgegen, als er das Haus betrat, in dem Johanna ihr Büro hatte. *Blum – Event-Agentur* stand auf einem auffälligen Messingschild neben der Tür. Vermittelte sie sogar Weihnachtsmänner? Vielleicht sogar Geigerinnen?

Eine blutjunge, stark geschminkte Sekretärin führte ihn zu ihr und nahm ihm seinen Mantel ab. Johanna saß an einem Computer, in einem teuren weinroten Kostüm, die Beine übereinandergeschlagen. Sie sah vollkommen anders aus, neue Frisur, schwarz getönte Haare, ein dezentes Make-up. Johanna war nicht mehr die biedere, manchmal ein wenig zickige Rechtsanwaltsgehilfin – in dieser Rolle war sie ihm zuletzt begegnet.

»Neun Jahre sind eine lange Zeit«, sagte sie und lächelte. Auch ihre Zähne glänzten wie neu. »Früher wärest du nach so einem Telefonat gar nicht gekommen, sondern hättest nichts mehr von dir hören lassen.«

Er nickte. Sie kannte ihn noch gut.

»Du siehst toll aus«, sagte er. Es überraschte ihn, wie sehr er sich freute, seine Halbschwester zu sehen. Nach der Beerdigung hatten sie sich gestritten, da hatte sie ihm Vorwürfe gemacht, aber nun kehrte auch das Gefühl zurück, einmal eine Familie gewesen zu sein.

Johanna umarmte ihn. Wie eine fremde, schöne Frau fühlte sie sich an.

»Es tut mir leid, dass ich am Telefon so unfreundlich war«, sagte sie und führte ihn zu zwei Ledersesseln, die vor einem großen Panoramafenster standen. In der Ferne konnte man die Türme des Doms im Zwielicht erkennen. »Aber plötzlich ist die ganze Wut in mir hochgekommen. Du hast dich versteckt. Hast nichts mehr mit mir zu tun haben wollen.«

Ganz so war es nicht, wollte er entgegnen, dabei hatte sie nicht Unrecht. Er war nach Hamburg gegangen, um alles hinter sich zu lassen. Den Tod seiner Mutter, ein fehlgeschlagenes Studium, auch seine damalige Freundin, die ihn mit ihrem Kinderwunsch genervt hatte. Nur für seine Fotos hatte sich keiner wirklich interessiert.

»Du warst immer schon ein Feigling.«

Nein, wollte er sagen, ich war kein Feigling, doch stattdessen erzählte er von seiner Fotografie, von seinen ersten Erfolgen in Hamburg, als die Zeitungen ihm Aufträge erteilten und er für seinen unverstellten Blick gelobt wurde. Dann kam er schnell zu Anne, obwohl er über sie eigentlich kein Wort hatte verlieren wollen, und berichtete von seiner Reise nach München, die er nur kurz unterbrochen hatte und nun bald fortsetzen wollte.

Plötzlich stand die Sekretärin in der Tür. »Frau Blum, Ihr Termin ist da«, sagte sie diskret.

Johanna blickte auf die Uhr. Da erst begriff Martin, dass er fast eine Stunde ununterbrochen geredet hatte. Er hatte nicht einmal den Kaffee angerührt, den die Sekretärin zwischendurch hereingebracht hatte.

»Ich war ein wenig einsam in letzter Zeit«, sagte er beinahe entschuldigend, weil er sich nicht nach ihr erkundigt hatte.

»Ich habe nicht alles verstanden«, erwiderte Johanna, »aber Anne muss eine besondere Frau gewesen sein, eine echte Künstlerin. Künstlerinnen müssen manchmal einen ganz besonderen Weg gehen.« Sie deutete auf ein paar Fotografien an der Wand, die vermutlich Schauspielerinnen zeigten, die sie in ihrer Agentur vertrat. Martin kannte jedoch keine von ihnen. »Glaube mir, ich weiß, wovon ich spreche.«

Er hätte gern noch ein wenig länger geredet, vielleicht sogar über den alten Geiger, aber wegen eines verlorenen Bruders würde Johanna ihren Geschäftstermin nicht warten lassen. Daran ließ sie keinen Zweifel.

Sie erhob sich höflich lächelnd, nun wieder ganz die routinierte Geschäftsfrau, die alles unter Kontrolle hatte, selbst wenn ihr lang verschwundener Halbbruder aus heiterem Himmel auftauchte. »Ich habe etwas für dich«, sagte sie, während sie zu ihrem Schreibtisch hinüberging und eine Schublade öffnete. Sie holte ein antik aussehendes Holzkästchen hervor und öffnete es. »Nach Mutters Tod habe ich etwas gefunden. Ich wollte es dir nicht einfach so zuschicken, sondern habe immer auf die Gelegenheit gewartet, es dir persönlich zu überreichen. Allerdings hätte ich nicht geglaubt, dass ich so lange damit warten müsste. In drei verschiedene Büros habe ich diesen Holzkasten mitgeschleppt. Er hat unserer Mutter gehört, erinnerst du dich? Darin hat sie immer ihr Sparbuch und ihre amtlichen Dokumente aufbewahrt. Sogar einen Impfpass von dir habe ich darin gefunden.«

Er erinnerte sich nicht. Wenn er ehrlich war, hatte er die meisten Gedanken an seine Kindheit begraben.

Johanna reichte ihm einen weißen, leicht vergilbten Umschlag. Er sah ihre schönen, manikürten Fingernägel. Plötzlich wollte er sie fragen, ob sie einen Freund hatte, warum sie anscheinend nicht verheiratet war. Ihr ganzes Leben in den letzten Jahren sollte sie ihm erzählen, doch die Sekretärin blickte schon wieder zur Tür herein. Johanna nickte ihr begütigend zu.

Unschlüssig hielt Martin den Umschlag in der Hand; er konnte fühlen, dass sich ein Stück härteres Papier darin befand, nichts sonst.

»Du kannst ihn ruhig öffnen«, sagte Johanna, als spreche sie zu einem ängstlichen Kind. »Ich weiß längst, was darin ist.«

Vorsichtig schob er die Lasche zurück. Er kam sich unbeholfen vor, seine Hände waren ungeschickt und grob. Ein Schwarzweißfoto steckte in dem Umschlag. Eine Art Autogrammkarte. Ein Mann um die vierzig mit kurzem, zurückgekämmtem Haar, der sich einen Pullover leger über die Schultern gelegt hatte, blickte freundlich in die Kamera. Er lächelte ein wenig gekünstelt, eine große Warze schien in seinem rechten Mundwinkel zu kleben, und in seinen Augen lag ein spöttischer Ausdruck, der wohl Selbstbewusstsein signalisieren sollte. Kein schöner, aber ein leidlich attraktiver Mann. Martin glaubte ihn zu kennen, wusste aber nicht genau, woher. In schwarzem Filzstift stand auf dem Bild: *Für Luisa – in Liebe.* Dann drei geschwungene Haken – die unleserliche Unterschrift.

»Hast du eine Ahnung, wer das ist?«, fragte Johanna und sah ihn forschend an.

»Irgendein Sänger, schätze ich.«

»Nein, er war Schauspieler, und zwar ein ziemlich berühmter. Er hieß Achim Brendel und hat sogar einmal den Kommissar in einer Krimi-Serie gespielt. Die Serie war ziemlich langweilig, wenig Action, viel Psychologie, aber er war richtig gut. Zu seiner Zeit eine Berühmtheit.«

»Warum zeigst du mir das Foto?« Martin war ratlos. Was sollte das alles mit ihm zu tun haben?

»Du hast dich nicht verändert, Martin. Immer noch siehst du die Dinge nicht, die auf der Hand liegen. Hast du die Widmung gelesen? Brendel ist dein Vater. Darum hat unsere Mutter die Karte aufbewahrt. Sie sind sich in ihrem Hotel begegnet und haben wohl eine Nacht miteinander verbracht. Ich habe auch noch einen Brief von einem Anwalt Brendels gefunden, in denen es um Zahlungen ging. Er hat für dich gezahlt, allerdings ziemlich unregelmäßig. Ich glaube, er war in seinem Leben dreimal verheiratet und hatte schon genug Kinder. Dich und unsere Mutter konnte er jedenfalls nicht mehr gebrauchen.« Ein rauer Ton schlich sich in ihre Stimme, vielleicht war sie zornig auf den Mann, oder sie wurde allmählich ungeduldig.

Martin erhob sich. Es hatte eine Zeit gegeben, als er vierzehn oder fünfzehn war, da hätte er um alles in der Welt wissen wollen, wer sein Vater war, doch seine Mutter hatte kein Wort darüber verloren, keine Andeutungen, keine vage Beschimpfung, nichts. Später hatte es ihn nicht mehr interessiert. Er war eben der Junge ohne Vater gewesen.

»Was ist aus ihm geworden?«, fragte er und versuchte eine Ähnlichkeit zwischen sich und seinem Vater zu entdecken, aber da war nichts.

»Er ist tot. Im selben Jahr gestorben wie unsere Mutter, nur ein paar Monate früher, auch an Krebs. Merkwürdig, nicht wahr? Vielleicht gab es doch ein Band, das sie verbunden hat.«

Das Telefon klingelte, doch Johanna tat, als habe sie es nicht gehört.

Die ratlose Sekretärin aus dem Vorzimmer, vermutete Martin. Er steckte das Foto in den Umschlag zurück und wandte sich zur Tür.

»Du solltest keine neun Jahre warten bis zu deinem nächsten Besuch. Ruf mich doch an, wenn du Weihnachten noch in der Stadt bist! Im Moment ist es bei mir sehr hektisch, aber dann habe ich Zeit für dich.«

Er umarmte Johanna und fürchtete plötzlich, ihm könnten Tränen in die Augen treten.

An der Tür, während sie bereits in Unterlagen blätterte, drehte er sich noch einmal um. »Weißt du auch, wer dein Vater war?«

Sie blickte auf, musterte ihn. Einen Moment schien die alte Johanna zurückzukehren, die er gekannt hatte, das zickige Mädchen, das sich hässlich und überflüssig gefühlt und sich manchmal heimlich die Fingernägel lackiert hatte. »Ja, aber ich hatte nicht solch ein Glück wie du. Mein Vater war keine Berühmtheit, sondern der stellvertretende Direktor des Interconti, in dem Mutter damals gearbeitet hat. Aber er lebt noch, leitet jetzt ein Fünf-Sterne-Hotel in Dubai. Sehen will er mich allerdings nicht.«

NEUNTES KAPITEL

Keiner hatte ihr gesagt, dass Hunde wie Kinder waren. Dreimal in der Nacht wachte sie auf, weil Paganini zu winseln anfing. Als sie sich über ihn beugte und ihm sanft über den Kopf strich, schien er an Krämpfen zu leiden. Seine Augen unter den geschlossenen Lidern zuckten. Er litt offenbar auch an Fieber.

Er träumt, dachte Lea, vielleicht durchlebt er noch einmal seinen schrecklichen Unfall, den Zusammenprall und den Schmerz.

Kaum hatte sie sich wieder hingelegt, hörte sie ein Kratzen. Paganini versuchte aufzustehen. Mit großen, stummen Augen blickte er sie an. Sie streichelte ihn und trug ihn auf die Straße hinunter, wo er an einer Laterne ausgiebig pinkelte, bevor er zu ihr zurückhinkte und sich an ihren Beinen rieb. Es war eisig kalt. Ihr Atem wehte wie eine dampfende Wolke vor ihr her. Sie fror erbärmlich unter ihrem Mantel. Die Erleichterung war dem Hund deutlich anzumerken. Er fühlte sich wohl bei ihr. Nachdem sie ihn schwer atmend zurück in die Wohnung getragen hatte, rollte er sich, so gut der Verband es zuließ, auf seiner Decke zusammen und schlief ruhiger weiter.

Doch sie war plötzlich hellwach. Vier Uhr am Morgen, und sie wälzte sich hin und her und musste an ihr Kind denken. Wie groß war ein Ungeborenes in der zehnten Woche? Sie hätte den Arzt danach fragen müssen. Und bis wann hatte man die Möglichkeit, es wegmachen zu lassen? Nein, daran wollte sie gar nicht denken. Aber wie würde es sein, allein mit einem Hund und einem Kind in dieser Wohnung zu leben?

Als der Hund erneut zuckte und leise im Schlaf winselte, zündete sie eine Kerze an, nahm ihre Geige und begann zu spielen, ein leises Weihnachtslied. Ihre rechte Hand schmerzte noch immer, doch Paganini schien ihr Spiel zu gefallen. Er schlug kurz die Augen auf, stöhnte auf, wie manchmal alte Männer stöhnen, und schlief dann sofort weiter. Er schnarchte sogar ein wenig, was sie irgendwie beruhigte.

Sie probierte noch ein Weihnachtslied. Johanna hatte sie überredet, in einem Musical mitzumachen, das Kinder auf dem Weihnachtsmarkt, auf einer Bühne vor dem Dom, aufführen sollten. Die Geschichte der Geburt Jesu mit Engeln und Hirten, das volle Programm. Zuerst hatte sie ablehnen wollen, sie hatte nicht viel für Weihnachten übrig, doch Johanna hatte kein Nein gelten lassen. Neben ihr trete nur noch ein professioneller Organist auf, hatte Johanna gesagt, sie habe also die Chance, sich einem größeren Publikum als Solistin zu präsentieren. Und außerdem – wolle sie ewig eine Friedhofsgeigerin bleiben?

Lea bedauerte ihre Zustimmung bereits. Johanna hatte

sie überrumpelt, ihr ein schlechtes Gewissen gemacht, nichts weiter. Wahrscheinlich würde es lausig kalt sein auf der Bühne, sie müsste sich mit Kindern herumärgern, die nicht richtig singen konnten, und mit einem Publikum, das sich mehr für die Angebote der Verkaufsbuden als für ihre Musik interessierte. Es würde ein Fiasko werden.

Hundertfünfzig Euro brachte jeder Auftritt. Das war vielleicht das beste Argument, und möglicherweise würde es eine CD von der Aufführung geben.

Als drittes Lied spielte sie »Stille Nacht«, was ebenfalls in dem Musical vorkam. Dann legte sie ihre Geige beiseite, nahm eine Decke und rollte sich neben dem Hund zusammen. Er roch tatsächlich wie der alte Teppich in ihrem Kinderzimmer, eine Erinnerung, die ihr gefiel.

Ein Geräusch ließ sie auffahren. Es war hell im Zimmer. Diffuses milchiges Licht fiel herein. Paganini lag noch immer auf seiner Decke, als habe er sich die ganze Zeit nicht gerührt. Neun Uhr dreiunddreißig zeigte die rote, unbestechliche Anzeige an ihrem Radiowecker. Sie hatte verschlafen. Eigentlich war sie um diese Zeit schon auf dem Weg zu ihrer ersten Beerdigung oder gab irgendwelchen Hausfrauen oder Studentinnen, die es nie lernen würden, Geigenunterricht.

Dann hörte sie, wie eine Tür geschlossen wurde; Schritte in der Diele. Einen Moment später stand Christoph in der Tür. Er musterte sie reglos und war anscheinend nicht übermäßig erbaut, sie zu sehen.

»Tut mir leid«, sagte er. »Ich habe geklingelt. Ich dachte,

du wärest nicht da.« Dann entdeckte er Paganini auf der Decke neben ihr und runzelte die Stirn. »Bist du auf den Hund gekommen?« Er lachte. Sein fader Witz amüsierte ihn.

Lea rappelte sich mühsam auf. Ihr Rücken schmerzte.

»Was willst du?«, fragte sie. Dann fiel ihr auf, wie unfreundlich sie klang. Sie strich sich durch ihr Haar. Sie musste fürchterlich aussehen, was man von Christoph nicht behaupten konnte. Obwohl es eigentlich viel zu früh für ihn war, wirkte er ausgeschlafen und perfekt gekleidet. Ein eleganter Mantel, teure Jeans, saubere, nagelneue Turnschuhe. Er war so ganz anders als sie.

»Ich habe dir doch gesagt, dass ich noch ein paar Sachen abholen muss«, entgegnete er barsch.

Ach ja, sie erinnerte sich. Er hatte noch ein paar CDs bei ihr, zwei Hanteln zum Fitnesstraining, die er nie benutzt hatte, einige T-Shirts und eine Batterie von Shampoos und Haargel. Dinge, die er bei seinem Auszug übersehen hatte.

Sie machte eine einladende Geste. »Okay, nimm mit, was du mitnehmen musst.«

Er lächelte matt, während er an ihr vorbei ins Schlafzimmer ging. Sie hörte, wie er den Schrank öffnete, der nun ganz allein ihr Schrank war. Er brauchte zehn Sekunden, um seine T-Shirts in den Stoffbeutel zu packen, den er bei sich hatte. Auf seinem Rückweg, als er an ihm vorbeistrich, hob Paganini kurz den Kopf, knurrte tief und anhaltend und bellte zwischendurch einmal auf, was er bisher noch nie getan hatte.

Christoph ließ sich nicht einschüchtern. »Hast du dir einen Beschützer zugelegt?«, fragte er voller Spott. »Oder verdienst du dir nun auch Geld als Hundepension? Friedhofsgeigerin mit Hundediplom, das wäre doch mal was Neues.«

Sie roch sein Haargel und sein strenges Parfüm. Dann war er schon in der Diele und im Bad.

»Vergiss die Hantel nicht!«, rief sie ihm nach.

Plötzlich war es ganz und gar unvorstellbar, dass sie beide zusammen im Bett gewesen waren, dass sie das Wort »Liebe« in den Mund genommen hatten. Für Christoph war die Liebe vermutlich so eine Art Cocktail: Sie musste prickeln, ihm ein Wohlgefühl vermitteln, war ein schöner Zeitvertreib, vor allem für die blaue Stunde und die Nacht gedacht. Im Licht des Tages erschien sie so abgestanden, dass man sich möglichst bald nach einer neuen Liebe umsehen musste.

Er arbeitete effektiv. Nach neunzig Sekunden hatte er all seine Dinge im Bad gefunden, auch die Hanteln. Sie zeichneten sich deutlich in seinem Stoffbeutel ab. Er lächelte und streckte ihr die Hand entgegen. Sie kannte dieses Lächeln, ein markantes Zurückziehen des rechten Mundwinkels. Eine Zeitlang hatte sie geglaubt, er habe dieses besondere Lächeln einem bestimmten Schauspieler abgeschaut, nun war sie auf einmal ganz sicher, dass sie Recht hatte. Er hatte es eingeübt, morgens Posen vor dem Spiegel, abends Drinks mixen und das geübte Lächeln an weibliche Gäste versenden.

In der ausgestreckten Hand lag ihr Hausschlüssel.

»Ich möchte nicht viele Worte machen«, sagte er, nun versöhnlicher. »Wir hatten eine schöne Zeit, aber irgendwie haben wir doch immer gewusst, dass wir nicht zusammenpassen.«

»Haben wir?«, fragte sie ein wenig provozierend, ohne ihm den Schlüssel abzunehmen.

Er legte den Schlüssel auf dem Stuhl neben der Tür ab. »Ich verrate dir etwas, ein Geheimnis – woran du immer erkennen kannst, ob die Menschen zueinander passen. Du musst sie nur nach ihrem Musikgeschmack fragen. Unser Musikgeschmack war einfach zu verschieden. Von Klassik kriege ich Ausschlag und kaputte Nerven. Und du kannst mit Techno nicht viel anfangen.« Er nickte ihr zu wie zum Abschied und bedachte auch Paganini noch mit einem flüchtigen Blick.

So einfach war das also – es lag am Musikgeschmack. Einen größeren Unsinn hatte sie noch nie gehört.

Als wäre ihm ein heller Gedanke gekommen, schritt er auf sie zu und küsste sie auf die Wange.

»Mach's gut!«, sagte er leise. Seine Stimme klang nun wieder, als wäre er ein Schauspieler, der einer besonders intimen Szene Gestalt verleihen musste.

Sie begriff, dass nun die letzte Gelegenheit gekommen war, von ihrem Kind zu sprechen. Ein einziger Satz würde ihn fesseln, ihn auf der Stelle zur Salzsäule erstarren lassen. Ach, was ich dir noch sagen wollte: Ich erwarte ein Kind von dir. All sein sinnloses Gerede würde ihm dann gar nichts nützen … Aber sie ließ die Gelegenheit verstreichen, sah an ihm vorbei und schenkte dann

Paganini einen zärtlichen Blick. Der Hund hatte sich wieder zusammengerollt, verfolgte aber jede ihrer Bewegungen mit den Augen.

Christoph wich mit seinem Stoffbeutel zurück, achselzuckend, als sinne er darüber nach, ob er nichts vergessen hatte. An der Tür wandte er sich noch einmal um. Er lächelte sein schales Abschiedslächeln. Wahrscheinlich hatte er das schon oft so getan, und es machte ihm nichts aus.

»Ich habe übrigens gekündigt«, sagte er. »Köln ist Evelyn und mir zu eng geworden. Wir gehen in Hamburg auf ein Kreuzfahrtschiff, werden fast ein halbes Jahr unterwegs sein. Die große Tour durch die Südsee. Evelyn wird jeden Abend singen, und ich werde Drinks mixen.«

Wie schön für euch!, dachte Lea. Sie spürte, wie ihr übel wurde vor Wut. Also hatte die blonde Schlampe bekommen, was sie wollte.

»Hört Evelyn auch gern Techno?«, fragte sie voller Sarkasmus.

»Nein, noch nicht«, antwortete er ganz ernsthaft und tauchte in das Dunkel der Diele ab.

Eine Sekunde später fiel die Eingangstür ins Schloss, und Paganini bellte einmal kurz auf. Es klang, als sei er froh, dass ihr Besucher endlich gegangen war. Ihr aber traten Tränen in die Augen, und dann griff sie sich ein Glas vom Tisch und warf es gegen die Wand.

ZEHNTES KAPITEL

Er hatte sich eine Fahrkarte für den Nachtzug gekauft. Gegen sieben Uhr morgens würde er in München sein, vor dem ersten Licht. Es war ihm plötzlich wichtig, in der neuen Stadt die Sonne aufgehen zu sehen.

Vielleicht schwimmen auf der Isar auch Schwäne, dachte er.

Nachdem er sein Gepäck in einem Schließfach deponiert hatte, lief Martin noch ein wenig mit seiner alten Leica durch die Straßen, machte dann und wann ein Foto, obschon es diesmal bis zu seiner Rückkehr gewiss keine neun Jahre dauern würde. Er war auf eigentümliche Weise zufrieden mit sich. Er hatte nicht das gefunden, von dem der alte Geiger gesprochen hatte, aber vielleicht hatte er dessen Worten ohnehin eine viel zu große Bedeutung beigemessen. Stattdessen hatte er seine Familie wiedergefunden. Er war am Grab seiner Mutter gewesen, hatte seine Halbschwester getroffen, und er hatte den Namen seines Vaters erfahren, nach dem er schon lange nicht mehr gesucht hatte.

Einen ganzen Tag lang hatte Martin in einem Internet-Café Nachforschungen angestellt und im Netz etliche

Einträge und Fotos entdeckt. Achim Brendel war auf einem Friedhof am Starnberger See begraben worden. Als Schauspieler war er ein Chamäleon gewesen. Er vermochte in seinen vielen Rollen nicht nur immer wieder sein Aussehen zu ändern, sondern wirkte oft, als sei er tatsächlich ein anderer geworden. Drei Söhne hatte er, von denen einer ebenfalls Schauspieler geworden war, allerdings ein recht erfolgloser, der sich auf Provinzbühnen durchschlug und sich verbeten hatte, mit seinem berühmten Vater verglichen zu werden. Manchmal war es augenscheinlich leichter, keinen Vater zu haben.

Brendels letzte Frau lebte noch in ihrem Haus am Starnberger See und mühte sich, dass ihr Mann nicht vergessen wurde. Als Witwe des legendären Schauspielers Achim Brendel ließ sie sich offenbar gelegentlich auf Filmbällen oder Partys sehen, eine blonde, ein wenig faltig gewordene Mittfünfzigerin, keine unsympathische Erscheinung. Von einer Luisa Blum und einem unehelichen Kind war natürlich nirgends die Rede. Dieses Geheimnis hatte Brendel wohl niemandem offenbart.

Martin nahm sich vor, zum Grab seines fremden Vaters zu fahren; vielleicht würde er sogar dessen Frau aufsuchen, ihr das Foto mit der Widmung zeigen und sich zu erkennen geben. Von München war es nur eine kurze Fahrt bis Starnberg. Wenn er es genauer betrachtete, hatte er drei Halbbrüder hinzugewonnen. Ein merkwürdiger Gedanke.

Rund um den Bahnhof herrschte eine besondere Ausgelassenheit. Touristen mit vom Glühwein erhitzten Gesichtern kamen vom Weihnachtsmarkt herüber. Auf einer Bank sah Martin einen Mann in einem Nikolauskostüm, der vor Erschöpfung eingeschlafen war. Ihm war der Kopf auf die Brust gesunken. Als Martin seine Leica hervorzog, schreckte der Mann abrupt auf und lächelte verlegen.

Martin fiel ein, dass er einen langen Tag nicht an Anne gedacht hatte. Auch nach der rothaarigen Geigerin hatte er sich nicht mehr umgeschaut.

In München würde er einen neuen Anfang suchen und wieder als Fotograf arbeiten.

Am Dom wurden die Stände des Weihnachtsmarkts geschlossen. Nur noch vereinzelte Paare schlenderten umher. Es war längst nicht mehr so kalt wie in den Tagen zuvor. Ein feiner Nebel hatte sich über die Stadt gelegt. Einem Bettler, der auf der Steinumfassung eines Brunnens saß und mit düsterer Miene vor sich hinstarrte, warf Martin sein gesamtes Kleingeld in seinen Hut. Eine Abschiedsgeste. So als wolle er unnötigen Ballast abwerfen, bevor er in den Zug stieg.

Dann, als er den Markt schon wieder verlassen wollte, hörte er den Geigenton. Entsetzt fuhr er zusammen. Anne! Es war Anne, so hatte sie immer ihre Geigen gestimmt. Er spürte, wie sein Herzschlag sich beschleunigte. Ohne nachzudenken, drehte er sich um und lief in das Gewirr der Buden hinein. Fast alle waren längst dunkel und geschlossen.

Der Violinenton hielt an, ging dann in ein Lied über, ein Weihnachtslied, etwas zu hastig und zu eckig gespielt. Gleichwohl war da ein Könner am Werk. Martin brauchte ein paar Momente, um sich zu orientieren, woher die Klänge kamen; dann erspähte er die Bühne, die mitten auf dem Weihnachtsmarkt stand. Ein Quadrat, das noch dunkler wirkte als die Buden ringsum.

Das Lied brach ab, eine Stimme wurde laut, dann setzten die Klänge wieder ein.

Martin erkannte nun, dass ein einziger Scheinwerfer angeschaltet war, der sich auf eine rothaarige Geigerin richtete. Es war die Frau mit dem Fahrrad. Sie spielte, wobei sie sich über die Bühne bewegte und dem Mann am Rand gelegentlich Blicke zuwarf. Was sollte das? Musik zu machen, obwohl der Weihnachtsmarkt schon geschlossen war? Dann dämmerte es Martin, dass es sich wohl um eine Probe handelte. Im Hintergrund war ein Bühnenbild aufgebaut, ein Stall mit einer Krippe und ein paar Felsen links und rechts.

Vorsichtig näherte er sich der Bühne. Zwei, drei Jugendliche schlenderten da noch gelangweilt herum. Die Geigerin trug einen weißen Umhang, der fast bis zum Boden reichte. Ihre langen roten Haare fielen ihr über die Schulter. Auf einmal, eher durch Zufall, blickte sie auf den Platz vor sich und schaute ihn an. Für einen Moment hatte Martin den Eindruck, als habe sie ihn erkannt, als sei ihr Spiel einen Wimpernschlag lang aus dem Takt geraten. Ein Lächeln, das aber auch ihrer Musik gelten konnte, glitt über ihr Gesicht, bevor sie sich wieder dem Mann am Bühnenrand zuwandte, bei dem es sich offenbar um eine Art Regisseur handelte. Der Mann nickte beifällig, und die Geigerin wich noch immer spielend in den Hintergrund der Bühne zurück, als wolle sie für sich die gesamte Fläche ausmessen.

Martin zog seine Leica hervor. Er sah, wie schön und versunken die Frau vor sich hin lächelte. Ihr eigenes Spiel schien ihr zu gefallen. Ein Ausdruck tiefer Zufriedenheit lag auf ihrem Gesicht. Diesmal würde er eine Aufnahme hinbekommen, die sie wirklich zeigte. Dann, als er durch den Sucher seiner Kamera blickte, war sie plötzlich verschwunden. Wie eine Zauberin hatte sie sich in Luft aufgelöst. Er nahm die Leica herunter und beobachtete, wie der Mann sich vom Bühnenrand löste. Mit betroffener Miene eilte er über die Bühne in das Halbdunkel hinein. Dann wedelte er entsetzt mit den Armen. Endlich begriff Martin, dass die Geigerin soeben vor seinen Augen von der Bühne gestürzt war.

ELFTES KAPITEL

Es war wunderbar zu spielen, den majestätischen, erleuchteten Dom hinter sich, vor sich den verlassenen Weihnachtsmarkt, auf dem nur ein paar Schattenwesen hin und her huschten. Eine Szene wie aus einem Märchenfilm, und sie war die Fee, die Musik herbeizaubern konnte. Markus, der Organist, der das Musical geschrieben hatte, machte ihr vom Bühnenrand ein Handzeichen. Alles in Ordnung, hieß der hochgereckte Daumen. Wenn du morgen so spielst, wird es ein voller Erfolg werden.

Lea fühlte, wie die Sicherheit zurückkehrte. Die Akustik war in Ordnung. Die Lieder waren einfach, meistens bekannte Melodien, die Markus für sein Stück nur ein wenig aufpoliert hatte. Sie fühlte sich wohl auf der Bühne und würde den Auftrag doch nicht absagen, wie sie es noch am Nachmittag erwogen hatte. Um es ihr auszureden, hatte Johanna auf die Schnelle diese kleine Probe arrangiert.

Plötzlich bemerkte Lea den Mann auf dem Platz. Langsam, wie in Trance kam er näher. Beinahe hätte er einen Mülleimer umgerissen, aber das schien er gar nicht registriert zu haben. Er ließ sie nicht aus den Augen, und irgendwie fühlte sie sich durch seine Anteilnahme angespornt. Ja, sie würde hier auftreten; es war keine wirkliche Konzertbühne, aber besser, als auf dem Friedhof an Gräbern zu stehen und dreimal am Tag »Air« von Bach zu spielen.

Schneller lief sie über die Bühne, hatte beinahe das Gefühl, tanzen zu müssen. Dann fiel ihr ein, dass sie den Mann schon einmal gesehen hatte. Ja, er schien ihr zu folgen, der Mann vom Friedhof, der auch dabei gewesen war, als Paganini angefahren wurde. Sie hatte schon bedauert, dass sie seinen Namen nicht erfahren hatte. Immerhin hatte er sich um den Hund gekümmert, hatte ihr geholfen.

Mit einem schnellen Blick stellte sie fest, dass ihre Annahme richtig war. Was tat er hier? Warum lief er ihr nach? Konnte Christoph dahinterstecken? Nein, das war eine abwegige Idee.

Markus machte ihr wieder ein Handzeichen, das sie aber nicht zu deuten wusste. Sie würde zum Ende kommen, eine gelungene Probe. Johanna würde erleichtert sein, und sie könnte Paganinis Arztrechnung bezahlen. Einmal drehte Lea sich um die eigene Achse. Ihre rechte Hand tat kaum noch weh …

Plötzlich spürte sie, wie sie den Halt verlor. Ihr rechter Fuß war ins Leere getreten. Sie war viel zu überrascht, um sich gegen den Sturz stemmen zu können. Sie dachte an ihre Geige, sie selbst konnte sich ein paar Rippen brechen, aber der Geige durfte nichts geschehen. Und ihrem Kind … Ein letzter, greller Gedanke leuchtete auf, dann kam der Schmerz. Ihr Kopf war auf einen harten Gegenstand geprallt. Sie hatte die Hände nicht emporgerissen. Im Gegenteil, während des Sturzes war es ihr gelungen, ihre Hände und ihren Oberkörper schützend über die Geige zu drehen. Dann durchzuckte ein Blitz ihr rechtes Bein, und ihr Kopf schlug auf dem Boden auf. Vage, verschwommene Lichter stoben um sie herum.

Als sie wie vor Schreck die Augen zusammenpresste, um die schmerzenden Sterne auszulöschen, hörte sie einen Moment lang nur noch einen dumpfen Herzschlag, der durch ihren Körper jagte, als wäre er hohl.

Sie öffnete die Augen wieder. So ganz funktionierten sie nicht. Trotzdem erkannte sie über dem Bühnenrand das entsetzte Gesicht von Markus.

»Hast du dir wehgetan?«, fragte er mit heiserer Stimme.

Sie wollte den Kopf schütteln, spürte jedoch, dass es ihr nicht so ohne weiteres gelang. Außerdem kehrten die Schmerzen in einer wüsten Welle zurück, meldeten sich vom Kopf, vom Rücken, vom Bein.

Mühsam versuchte sie sich aufzurappeln. Was war mit der Geige? Das kostbare Instrument lag halb unter ihr begraben und schien intakt zu sein. Nein, eine oder zwei Saiten waren gerissen, und der Hals … Was war mit dem Hals?

Ihr wurde übel. Jemand packte sie an der Schulter, um ihr beim Aufstehen zu helfen. Es war der Mann vom Weihnachtsmarkt. Besorgt schaute er sie an. Er war rasiert und sah nun viel jünger aus.

»Wenn wir uns begegnen, scheint immer ein Unglück

zu passieren«, sagte Lea leise. Sie war seltsam froh, ihn zu sehen.

Er nickte stumm.

In der nächsten Sekunde wurde ihr Bein von einem Schmerz durchschnitten, der sie aufschreien ließ, und dann dachte sie an das Kind. Ihrem Kind durfte nichts passiert sein …

»Sie dürfen nicht aufstehen«, sagte der Mann. Er zog seinen Mantel aus und schob ihn Lea unter den Kopf, dann ließ er sie vorsichtig zurücksinken. »Ich schätze, Sie haben sich etwas gebrochen. Wir sollten einen Krankenwagen rufen.«

Auch Markus stand nun da, mit bleichem Gesicht und schreckensstarren Augen. Er hielt sein Mobiltelefon schon in der Hand.

»Wir brauchen einen Krankenwagen«, wandte sich der Mann vom Weihnachtsmarkt an ihn.

Markus nickte und tippte eine Nummer ein, deutlich erleichtert, dass er etwas tun konnte.

Lea schloss wieder die Augen. In Gedanken unternahm sie einen weiteren Versuch aufzustehen, aber sie wusste, dass es nicht klappen würde. Die Schmerzen in ihrem Bein und ihrem Kopf waren zu groß. Außerdem hatte sie das Gefühl, als habe man ihr mit einem Schlag jede Kraft aus dem Körper gesaugt.

Der Unbekannte strich ihr über die Schulter.

»Sie bluten«, sagte er leise und beruhigend. »Eine Wunde am Kopf. Nichts Ernstes. Der Krankenwagen wird gleich da sein.«

Lea hörte, wie heftig er atmete. Dann versuchte sie, ihre Geige hervorzuziehen, und hielt sie dem Mann hin. Sie öffnete die Augen auch nicht, als er sie mit einigem Zögern entgegennahm. Sie hörte, wie er die Geige hinter sich ablegte. Eine Saite jaulte auf. Tränen rannen ihr über die Wangen, ob vor Schmerzen oder aus Wut, konnte sie selbst nicht sagen. Es war so idiotisch, von einer Bühne zu stürzen!

Mit einem Tuch wischte er ihr über das Gesicht, ohne ein Wort zu sagen. Sie fürchtete sich davor, die Augen aufzuschlagen.

»Was ist mit der Geige?«, flüsterte sie.

»Alles in Ordnung. Die hat den Sturz besser überstanden als Sie.«

Er hielt ihre Hand, und dann schaute sie ihn doch an. Er hatte fast schwarze Augen, die irgendwie unecht aussahen, aber vielleicht lag es auch daran, dass ihr Blick zitterte wie eine Kamera, die zu unruhig geführt wurde.

»Laufen Sie mir nach?«

»Kann sein«, sagte er. »Sie haben vorhin sehr schön gespielt.«

Markus kehrte zurück, hielt sich aber im Hintergrund. In der Ferne war schon eine Sirene zu hören. Unten an der Musikhochschule, keinen Kilometer entfernt, gab es ein Krankenhaus.

»Was ist denn mit dem Hund passiert?«, fragte der Mann. »Schade, dass Sie so plötzlich verschwunden waren.«

Lea begann zu husten. Ein eiskalter Schauer lief ihr

über den Rücken und schüttelte sie durch. Eine neue Schmerzwelle breitete sich von ihrem Bein aus. Paganini! Wie hatte sie den vergessen können! Jemand musste sich um das verletzte Tier kümmern.

»Der Hund ist in meiner Wohnung. Allein. Er kann kaum laufen …«

Der Mann beugte sich über sie, als könne er sie kaum verstehen. Dann blinkten Scheinwerfer auf, und ein Wagen bremste scharf ab. Der Krankenwagen war eingetroffen. Türen klappten, Markus rief den Sanitätern etwas zu.

»Bitte«, sagte Lea, »würden Sie mir einen Gefallen tun? Paganini muss gefüttert werden. Außerdem muss ihn jemand auf die Straße tragen. Er darf noch nicht die Treppe hinunterlaufen.« Sie tastete mit der linken Hand nach dem Schlüssel in ihrer Hosentasche, und als sie ihn gefunden hatte, wollte sie ihn dem Mann geben.

Der Fremde zögerte. »Ich weiß nicht … Ich war eigentlich …«

Ein Sanitäter drängelte sich vor und fragte sie mit einer Dringlichkeit nach ihrem Namen, als müsse er feststellen, ob sie überhaupt bei Bewusstsein war.

»Lea Sommerfeld«, erwiderte sie, ohne den Blick von dem unbekannten Mann zu nehmen. »Vierter Stock, links.«

Er nickte schließlich und ergriff ihren Schlüssel. Lea schaffte es gerade noch, ihm ihre Straße und Hausnummer zuzuflüstern, bevor die Sanitäter sich an die Arbeit machten und sie auf eine Trage hoben.

ZWÖLFTES KAPITEL

Mit Hunden hatte er keinerlei Erfahrung. Einmal bei Modeaufnahmen hatte er zwei Models zusammen mit einem Dalmatiner fotografieren müssen, aber da war immer ein Trainer dabei gewesen, der dem Tier Kommandos erteilt und es zwischendurch gefüttert hatte. Was sollte er tun, wenn der Hund bellte und knurrte und ihn gar nicht in die Wohnung lassen würde? Andererseits war das Tier verletzt und konnte sich in Leas Wohnung noch nicht richtig eingewöhnt haben.

Die Wohnung lag in der Nähe des Zoos. Exotisch anmutende Tierschreie hallten herüber. Acht Treppen musste er bis in die vierte Etage hinauflaufen, die demolierte Geige unter dem Arm. Auf dem Geigenkasten standen tatsächlich Annes Initialen. Vermutlich gehörte sie zu den ersten Instrumenten, die Anne gebaut hatte.

Niemand sonst wohnte auf der obersten Etage. Die andere Tür, die er zunächst zu öffnen versuchte, führte auf einen Dachboden, der mit Möbeln und Kartons vollgestellt war und unangenehm staubig roch.

Martin lauschte an der Tür. Hatte der Hund ihn bereits bemerkt? Nichts war zu hören. Kein Knurren oder

Scharren. Vorsichtig schob er den Schlüssel ins Schloss und öffnete. Wie seltsam war es, in die Wohnung eines Menschen einzudringen, dessen Namen man erst vor ein paar Minuten erfahren hatte! Lea hatte ihm zugewinkt, als man sie in den Krankenwagen schob. Erst in diesem Moment war ihm eingefallen, dass sie nicht einmal seinen Namen kannte. Sie hatte einem Wildfremden ihre Schlüssel in die Hand gedrückt.

Er betrat eine kleine Diele, tastete nach einem Lichtschalter und sah zunächst sich selbst in einem kleinen Spiegel. Mit großen dunklen Augen staunte er sich selbst an. Was tat er da? Ja, die Überraschung über sein eigenes Tun war ihm ins Gesicht geschrieben. Ein Duft wie von Kerzen und Räucherstäbchen umfing ihn. Kein Geräusch drang aus einem der Zimmer. Der Hund ließ sich nicht blicken.

Hinter der ersten Tür lag eine winzige Kammer, in der Lea zu üben schien. Ein Stuhl und ein Notenständer standen mitten im Zimmer. Viel mehr Mobiliar gab es nicht, ein Regal mit Notenheften, eine kleine Vitrine.

Der nächste Raum war eine kleine Küche, in der ein ziemliches Chaos herrschte. Tassen und Teller stapelten sich im Ausguss, Papiere und aufgeschlagene Bücher auf einem Holztisch, der ziemlich wackelig aussah.

An der Tür zum dritten Zimmer kam ihm der Hund schwanzwedelnd entgegen.

»Paganini«, sagte Martin laut, als könne er so das Vertrauen des Tieres erlangen, aber das war gar nicht nötig. Der Hund stieß ihn mit der Schnauze an, weil er gestreichelt werden wollte. Er hinkte so sehr, dass sich sein Körper merkwürdig auf und ab bewegte, als sei ein Bein kürzer als das andere. Seine Hinterläufe steckten in einem kompliziert gewickelten Verband.

Martin legte die Geige vorsichtig auf einen Stuhl und strich dem Hund über den Kopf. Paganini folgte ihm in das Zimmer. Vor der Heizung hatte Lea ihm ein Lager aus Decken bereitet. Krümel, die von Brot oder Keksen stammen mochten, deuteten darauf hin, dass er sich schon etwas zu fressen beschafft hatte.

Der Raum war das Wohnzimmer. Lea hatte eine Lampe hinter einem Sofa brennen lassen. Die Möbel wirkten wie vom Sperrmüll, zerschlissene Polstersessel und ein zerkratzter Glastisch. Nur die Musikanlage auf einem Regal, das sie aus alten Kisten gebaut hatte, war von Wert.

Martin betrachtete einige Fotos, die an der Wand hingen. Eines zeigte die junge Lea mit einer Geige. Sie trug ein Kleid und wirkte doch wie ein wildes, ungehöriges Mädchen. Erschöpft sank er in einen Sessel. Der Hund ließ ihn nicht in Ruhe. Immer wieder stieß er ihn mit der Schnauze an und jaulte fordernd. Vielleicht musste er dringend auf die Straße hinunter. Einen Moment später verzog er sich jedoch auf seine Decken, ohne den Blick von Martin zu wenden.

Still war es in der Wohnung. Der Geruch von Räucherwerk gefiel Martin. Ein Radiowecker auf einer Anrichte zeigte dreiundzwanzig Uhr zehn. In diesem Moment fuhr sein Nachtzug aus dem Bahnhof. Ein Platz blieb leer. Er war schon wieder nicht an Bord.

Es war zum Lachen. Er saß in der Wohnung einer rothaarigen Geigerin, mit der er kaum zwei Worte gewechselt hatte und die noch nicht einmal wusste, wie er hieß. Dann dachte er an die Aufgabe des alten Geigers, und er spürte, wie ein Glücksgefühl in ihm aufging, so als sei mitten in seiner Brust eine Blume entstanden, deren Blüte sich plötzlich öffnete. Die Brücke zwischen Tod und Leben konnte auch ein einfacher Geigenton sein. Ja, dessen war er sich plötzlich gewiss. Und dieses Wissen erfüllte ihn mit Zuversicht. Aber was mochte Lea passiert sein? War sie vielleicht lebensgefährlich verletzt? Eine Wunde am Kopf hatte geblutet. Zu seiner eigenen Verwunderung sorgte er sich um sie, als würden sie einander schon jahrelang kennen. Bevor der Krankenwagen davonfuhr, hatte er mit dem Sanitäter noch ein paar Worte gewechselt. Sie würden Lea ins nahe gelegene Marienhospital fahren, hatte er ihm gesagt, weil man ihn für einen Freund oder Angehörigen gehalten hatte.

Sollte er anrufen und versuchen, etwas über Lea in Erfahrung zu bringen?

Unentschlossen ging Martin in die Küche, um sich einen Tee zu kochen. Auf dem Boden lag eine leere Kekstüte, die der Hund bis auf den letzten Krumen ausgeleckt hatte. In einem Schrank fand er ein Stück Brot. Er belegte zwei Scheiben mit Käse aus einem Kühlschrank, in dem das Licht nicht funktionierte, und warf eine davon dem Hund hin. Paganini machte sich sofort laut schmatzend darüber her.

»Wir sind ihr zugelaufen, du und ich«, sagte Martin

laut. »Hoffen wir nur, dass sie bald wieder nach Hause kommt.«

Als der Tee fertig war, trank er einen Schluck und packte dann den Hund, um ihn auf die Straße zu tragen. Paganini schien diese Prozedur nichts auszumachen. Ruhig und aufmerksam vor sich hinblickend, lag er in Martins Armen. Draußen hinkte er auf ein unbebautes Grundstück ein Stück die Straße hinauf. Ein Mann kam vorbei, bedachte den Hund mit einem freundlichen Blick und nickte Martin zu, als würden sie sich kennen. Martin grüßte zurück. Er würde die Nacht in Leas Wohnung verbringen müssen, ohne Gepäck, weil er nicht noch einmal zum Bahnhof laufen wollte, um seine Sachen aus dem Schließfach zu holen.

Auf dem Rückweg spürte er in der dritten Etage, wie ihn die Kräfte verließen. Der Hund lag schwer in seinen Armen. Wieder ein Hinweis, dass er völlig außer Form war.

Das Läuten des Telefons war bereits vor der Tür zu hören. Martin setzte den Hund ab und eilte in die Wohnung. Es kann nur Lea sein, dachte er. Sie hat es irgendwie geschafft, dass man ihr in der Notaufnahme ein Telefonat gestattet hat. Oder ist sie vielleicht bereits hierher unterwegs, weil ihre Verletzungen nicht so schlimm sind? Nein, dachte er dann, wieso bin ich nicht darauf gekommen, dass Lea einen Freund hat, der sie auch um Mitternacht noch anrufen kann?

»Ja?«, keuchte er in den Apparat.

»Hast du schon geschlafen?«, fragte eine Stimme. »Wie

ist es gelaufen? Hat eure Probe geklappt?« Die Stimme gehörte eindeutig einer Frau und nicht Leas Freund, der sich vielleicht gewundert hätte, einen Fremden in ihrer Wohnung vorzufinden.

»Nicht so gut«, antwortete er. »Es hat einen kleinen Unfall gegeben.«

Die Stimme am anderen Ende hielt kurz inne. »Wer sind Sie?«, fragte sie dann. »Was machen Sie bei Lea?«

»Ich kümmere mich um den Hund«, erwiderte er und hörte seiner eigenen Stimme nach, als könnte er selbst nicht glauben, was er da sagte.

»Sind Sie ein Nachbar? Haben Sie auch einen Namen?«

»Pardon, ich heiße Martin Blum. Ich habe Lea zufällig getroffen. Eigentlich ...«

Die Stimme unterbrach ihn: »... eigentlich warst du schon auf dem Weg nach München.«

Er schwieg verblüfft.

»Martin, ich habe dir schon immer gesagt, dass du manchmal schwer von Begriff bist. Ich bin Leas Freundin, ich vermittle ihr gelegentlich Auftritte.« Johanna lachte kurz auf und wurde sofort wieder ernst. »Was ist mit Lea? Hat sie ihr Kind verloren?«

Ihr Kind verloren? Was war das für eine Frage?

»Sie ist von der Bühne gefallen. Hoffentlich nichts Ernstes. Von einem Kind weiß ich nichts.«

Er berichtete Johanna von seinem Abschiedsgang zum Dom und wie er da auf dem verlassenen Weihnachtsmarkt Lea gehört hatte. Dass sie eine Geige von Anne spielte, erwähnte er allerdings nicht.

»Lea wird nicht viel passiert sein«, sagte Johanna, nachdem sie sich alles angehört hatte. »Aber irgendwie ist es sehr seltsam, dass ihr euch begegnet seid.«

»Ja«, erwiderte Martin, obwohl es ihm plötzlich gar nicht mehr so seltsam erschien. Er sah den alten weißhaarigen Mann im Abteil vor sich, sah, wie er seine Geige weglegte und zu sprechen begann. Vielleicht hatte der Alte schon gewusst, was alles geschehen würde. Einen Moment überlegte Martin, Johanna von dem Geiger zu erzählen, aber sie versprach bereits, sich wieder zu melden, und legte auf, ohne eine Antwort abzuwarten. Sie hatte auch um Mitternacht noch Geschäftstermine.

Paganini war an ihm vorbeigetrottet und im Wohnzimmer verschwunden. Zusammengerollt lag er da, als Martin sich in den Sessel setzte. Irgendwann stiegen wohlige Schnarchtöne von den Decken auf. Martin löschte alle Lichter bis auf die Lampe am Sofa. Dann lehnte er sich im Sessel zurück und breitete seinen Mantel über sich aus. Hinter dem Wohnzimmer befand sich vermutlich Leas Schlafraum, aber sich dort hinzulegen brachte er nicht über sich.

Dabei ist es wahrscheinlich der interessanteste Raum in der Wohnung, meldete sich eine Stimme in seinem Kopf. Lea erwartet ein Kind. Also muss sie einen Freund haben, der irgendwann vor der Tür stehen könnte. Im Schlafzimmer würde Martin am ehesten eine Spur von ihm finden. Allerdings deutete nichts darauf hin, dass jemand mit ihr die Wohnung teilte. Auch auf den Fotos an der Wand war nirgendwo ein Freund aufgetaucht.

Plötzlich fiel ihm ein, dass Johannas Frage nach dem Kind auch eine Warnung gewesen sein konnte. Es war ihr gar nicht zuerst um das ungeborene Kind gegangen, sondern darum, ihm zu sagen, dass er sich nicht zu sehr in Leas Leben einmischen sollte.

Nein, dachte er dann, ich habe sie gefunden, sie und eine von Annes Geigen.

Konnte es für einen Tag mehr Glück geben?

Er erwachte, weil das Telefon klingelte. Es war noch dunkel draußen. Die Uhr zeigte zehn Minuten nach sieben. Ein erster silberner Hauch zeigte sich am Himmel.

Paganini stand mitten im Raum und schaute ihn an, als wäre er soeben bei einer kleinen Untat erwischt worden, oder vielleicht probte er auch nur, wieder fest auf vier Beinen zu stehen.

»Ich bin froh, dass du noch da bist«, sagte Lea. »Ich habe mir die ganze Nacht überlegt, ob du wohl in der Wohnung bleiben würdest.«

Sie redete mit ihm wie mit einem alten Freund.

»Du kennst nicht einmal meinen Namen«, sagte er. »Ich heiße Martin. Ich habe eigentlich in einem Hotel gewohnt und war auf dem Weg zum Bahnhof, aber dann ...«

»Ich habe dir vertraut«, unterbrach sie ihn. All die Einzelheiten schienen sie gar nicht zu interessieren. »Immerhin haben wir uns schon dreimal gesehen, wenn auch jedes Mal unter eher unglücklichen Umständen. Wie geht es Paganini?«

»Er steht vor mir und guckt mich an, ganz neugierig,

als würde er jedes Wort verstehen.« Plötzlich fiel ihm ein, dass er besser Lea nach ihrem Befinden fragen sollte.

Sie lachte. »Ich habe mir den rechten Knöchel verstaucht. Außerdem habe ich eine Gehirnerschütterung, eine Platzwunde am Kopf und ein paar Prellungen. Das kommt davon, wenn man auf einer unbeleuchteten Bühne herumläuft.«

»Und was ist mit dem Kind?« Er hatte seine Frage gestellt, ohne groß nachzudenken, und erschrak, kaum dass er sie ausgesprochen hatte.

»Bist du ein Hellseher? Dem Kind geht es gut, aber woher weißt du, dass ich schwanger bin?«

Im Hintergrund waren Geräusche zu vernehmen, dann eine dumpfe, strenge Stimme.

»Ich muss auflegen«, flüsterte Lea, bevor er etwas erwidern konnte. »Eigentlich darf ich wegen der Gehirnerschütterung gar nicht aufstehen. Kannst du vorbeikommen? Und bring bitte meine Geige mit!«

DREIZEHNTES KAPITEL

Lea wartete auf Martin. Sie lag in ihrem Bett, den rechten Fuß stark bandagiert. Ihr Kopf schmerzte ein wenig, und auch das Atmen bereitete ihr Schmerzen, aber eigentlich galt ihre größte Sorge Paganini und ihrer Geige. Zum Glück hatte der Fremde sich tatsächlich um den Hund gekümmert. Auf dem Weg ins Krankenhaus hatte sie so ihre Zweifel gehabt. Genauso gut hätte er die Geige und ihren Hausschlüssel in den nächsten Mülleimer werfen können. Oder wenn er ein Dieb gewesen wäre, hätte er sich bei ihren Sachen umgesehen, hätte ihre Musikanlage und ein paar Bücher eingepackt und wäre dann spurlos verschwunden.

Sie versuchte sich an sein Gesicht zu erinnern. Er hatte müde und ernst ausgesehen, jedes Mal wenn sie sich begegnet waren, schon auf dem Friedhof, und in seinen Augen hatte ein seltsames Funkeln gelegen. Martin war ein Name, der zu ihm passte.

Insgeheim wunderte sie sich, dass sie einem Fremden vertraut hatte. Christoph hatte sie ihren Schlüssel erst gegeben, als sie sich schon drei Monate gekannt hatten und er dringend woanders unterkommen musste, weil

Bauarbeiten vor seinem Haus ihm morgens den Schlaf raubten, den er nach den langen Nächten in der Bar dringend brauchte. Wie an ein fernes Erlebnis erinnerte sie sich an ihren Wutanfall, als er mit seinen letzten paar Sachen ihre Wohnung verlassen hatte, um nach Hamburg abzuhauen. Sie hatte drei Teller und einige Gläser zerschlagen, aber dann hatte Paganini plötzlich neben ihr gestanden, hatte einmal protestierend gebellt und sie fragend angeschaut. Er hatte ein Gesicht gemacht, als sei er traurig oder als könne er den Lärm nicht ertragen. Mit ein paar Worten hatte sie ihm erzählt, was für ein Scheißkerl Christoph war, und hatte ihm dann etwas auf der Geige vorgespielt. Musik gefiel Paganini, da war sie ganz sicher.

Woher weiß Martin von meinem Kind? Johanna, überlegte Lea, sie hat bestimmt spät am Abend noch angerufen, weil sie wissen wollte, wie die Probe gelaufen ist, und hat es gleich ausgeplaudert.

Die Frau im Nachbarbett lag die ganze Zeit reglos da, doch plötzlich wandte sie sich um und blinzelte Lea freundlich und wie eine Komplizin zu. Sie hatte lange weiße Haare und wirkte uralt, fast wie eine Hundertjährige.

»Es ist schön, so zu liegen«, sagte sie heiser. »Ich bin zum Nachdenken ins Krankenhaus gekommen, verstehen Sie? Bei mir zu Hause ist immer eine Menge Krach. Hier kann ich in Ruhe nachdenken.«

Zum Nachdenken ins Krankenhaus? Lea lächelte nur verlegen und blickte dann wieder zur Tür.

Das Frühstück wurde gebracht. Ein Arzt erschien und schaute sich ihre Kopfwunde an. An einer Stelle hatte man ihr die Haare abrasiert und ein großes Pflaster aufgeklebt. Von ihm erfuhr sie, dass sie wegen der Schwere ihrer Gehirnerschütterung noch einige Tage zur Beobachtung im Krankenhaus bleiben solle.

Als es kurz nach zehn war und Lea unruhig zu werden begann, wurde leise die Tür geöffnet. Einen Moment lang fragte sie sich, wie sie sich begegnen würden. Sie hatten sich dreimal gesehen, kannten sich gar nicht, aber wahrscheinlich hatte Martin in der letzten Nacht in ihrem Bett geschlafen, hatte ihre Handtücher benutzt und aus ihrer Tasse getrunken. Ein Gedanke, der sie zwar beunruhigte, aber seltsamerweise nicht erschreckte.

Hinter einem großen Blumenstrauß tauchte eine Gestalt auf. Lea war beinahe enttäuscht. Johanna stürmte auf sie zu und küsste sie überschwänglich auf die Wange.

»Was machst du für Sachen!«, sagte sie gespielt vorwurfsvoll. Sie trug ein cremefarbenes Kostüm und schien geradewegs aus einer wichtigen Konferenz zu kommen. Die Blumen legte sie auf einem schmalen Tisch ab und rückte sich den einzigen Stuhl im Raum zurecht.

Lea setzte sich ein wenig auf. Warum war sie enttäuscht? Sie musste froh sein, ihre Freundin zu sehen.

»Es war eine tolle Probe«, sagte sie, »ist alles blendend gelaufen. Eine gute Akustik, ein wunderbarer Ausblick auf den Platz, doch dann hab ich einen unvorsichtigen Schritt zurück gemacht, dahin, wo die kleine Treppe auf die Bühne führt. Ich habe eine Gehirnerschütterung und mir den Knöchel verstaucht. Mehr ist zum Glück nicht passiert.«

Johanna musterte die Freundin und schien gleich mehrere Dinge durchzurechnen. »Vielleicht kann ich einen Aufschub von einer Woche für dich herausholen. Geige kann man auch mit einem verstauchten Knöchel spielen. Mehr als siebenmal sollte das Stück ja ohnehin nicht aufgeführt werden.«

»Woher weißt du überhaupt, dass ich hier bin?«, fragte Lea. Sie spähte zur Tür. Im Grunde hoffte sie, dass sich der Fremde und Johanna nicht begegnen würden.

»Von meinem Halbbruder«, erwiderte Johanna lächelnd. Dann erzählte sie rasch, dass sie am Abend angerufen und zu ihrer größten Überraschung ihren Halbbruder am Apparat gehabt hatte.

»Es gibt die sonderbarsten Zufälle«, sagte sie. »Neun Jahre höre und sehe ich von Martin nichts, und dann taucht er plötzlich wieder auf und ist kurze Zeit später in der Wohnung meiner Freundin, die eine halbe Stunde vorher bei einer Probe verunglückt ist.«

»Hast du ihm von dem Kind erzählt?« Lea spürte, dass ihre Stimmung immer düsterer wurde, ohne es sich genau erklären zu können. Martin war also Johannas merkwürdiger Bruder, den sie gelegentlich erwähnt hatte, allerdings nie mit besonders liebenswürdigen Worten. Er war Fotograf und ein Egoist, den nichts auf der Welt scherte. Er hatte sich stets nur für seine eigenen Arbeiten interessiert. Nicht einmal seine vom Krebs gezeichnete

Mutter hatte ihn dazu bringen können, sich um sie zu kümmern.

Johanna runzelte die Stirn und machte eine kurze, abwehrende Handbewegung. Schuldeingeständnisse waren nicht ihre Sache. »Sorry, ich war so aufgeregt wegen deines Unfalls, dass es mir so herausgerutscht ist. Ist doch nicht so wichtig, oder?«

Lea nickte zögernd. Nein, es war nicht wichtig.

Johannas Mobiltelefon klingelte. Ihre Sekretärin rief sie dringend ins Büro zurück. Sie verabschiedete sich mit einem flüchtigen Kuss.

»Grüß Martin von mir, falls er tatsächlich kommen sollte.« Ihr Tonfall verriet, dass sie eindeutig nicht an diesen Besuch glaubte.

Das Mittagessen wurde gebracht: eine dicke Suppe, ein Stück Fleisch und matschige Kartoffeln. Lea spürte, dass sie keinen Hunger hatte. Sie musste telefonieren. Vielleicht war etwas mit Paganini nicht in Ordnung. Konnte es sein, dass er ausgerissen war – wieder auf die Straße gelaufen und verunglückt?

Die alte Frau richtete sich auf. »Warten Sie auf Ihren Liebsten?«, fragte sie, während sie sich skeptisch das Essen besah. »Man muss das Warten lernen. Warten ist immer der Moment, in dem man Zeit für sich hat. Das muss man sich nur vor Augen halten.«

Lea bedachte die Alte nur mit einem kurzen Blick. Nach solchen Weisheiten stand ihr jetzt nicht der Sinn. Sie probierte ein paar Bissen und legte das Besteck wieder beiseite. Sie konnte nichts essen. Ihr war schwindelig. Anscheinend setzte ihr die Gehirnerschütterung doch mehr zu, als sie gedacht hatte. Oder war es das Kind? Sie hatte den Ärzten während der Untersuchung ihres Knöchels gestanden, dass sie schwanger war, aber sonst wusste niemand von dem Kind – außer Johanna und Martin, der verschwunden war.

»Was machen Sie sonst so, wenn Sie nicht gerade unglücklich im Krankenhaus liegen?«, fragte die Alte. Sie begann einen Apfel zu schälen, den sie offenbar in ihrem Nachtschrank gehabt hatte. Ein heller Duft strömte durch das Zimmer.

»Ich spiele Geige«, sagte Lea, und als wolle sie die Alte schockieren, setzte sie hinzu: »Meistens auf Begräbnissen!«

»Oh«, sagte die Frau. »»Gratuliere! Dann haben Sie wohl immer eine Menge Musik im Kopf. Mit Musik ist man nie allein, da ist man immer mit allem verbunden.« Sie begann eine Melodie zu summen, die entfernt an Mozarts »Kleine Nachtmusik« erinnerte. »Wussten Sie, dass Mozart gegen Ende seines Lebens an Fettleibigkeit litt? Äußerlich war er hässlich, abstoßend geradezu, wenn man gewöhnliche Maßstäbe anlegt.« Die Alte kicherte vor sich hin; sie klang beinahe, als habe sie Mozart persönlich gekannt.

Lea fielen die Augen zu. Das mit der Musik stimmte sogar. Wann immer sie wollte, konnte sie in ihrem Kopf Musik erzeugen. Nur wenn sie Kopfschmerzen hatte und ungeduldig wartete, funktionierte es nicht.

»Sie sollten aber nicht nur auf Begräbnissen spielen«, fuhr die Alte fort. »Das wird mit der Zeit ein wenig einseitig.«

»Ich spiele neuerdings auch für Kinder«, erwiderte Lea in einem Tonfall, als müsse sie sich rechtfertigen. Dabei stimmte es nicht einmal. Mit Kindern hatte sie bisher nur einmal in einer Turnhalle gespielt. Die ersten Proben mit den Kindern für das Musical sollten eigentlich erst heute stattfinden.

»Sehr gut.« Die Alte erhob sich. Unter einem schmucklosen weißen Nachthemd war sie so mager, als bestände sie nur aus Haut und Knochen. »Kinder brauchen besonders viel Musik. Damit sie eine Ahnung von der Welt bekommen, ich meine, der richtigen Welt, die in ihnen selbst entstehen kann.« Sie schlurfte an Lea vorbei und blinzelte ihr wieder zu. »Er wird kommen«, flüsterte sie beinahe verschwörerisch. »Manche Dinge brauchen eben ein wenig Zeit.«

Dann verließ sie das Zimmer. Wie meine alte Geigenlehrerin hat sie geklungen, fiel Lea plötzlich ein. Ihre erste Lehrerin hatte ihr auch mehr beibringen wollen, als einigermaßen wohltönend ein Instrument zu spielen.

Eine Krankenschwester kam, um das Essen abzuräumen, das Lea kaum angerührt hatte. Nur kurz blickte sie zu dem leeren Bett der Alten hinüber. Es schien sie nicht zu stören, dass die Greisin das Zimmer verlassen hatte.

Lea versuchte Ruhe zu finden und sich ein paar Violinkonzerte von Bach vorzustellen, aber irgendwie gelang es ihr nicht. Mühselig erhob sie sich, unterdrückte das

Schwindelgefühl, das sogleich in ihr aufstieg, und schlich auf den Gang hinaus. Sie brauchte ein Telefon. Er hatte gesagt, dass er kommen würde, doch nun waren fast sechs Stunden vergangen, und er war immer noch nicht aufgetaucht. In sechs Stunden konnte man um die halbe Welt reisen, und von ihrer Wohnung hierher waren es allenfalls fünfzehn Minuten. Welchen Grund mochte es haben, dass er immer noch nicht aufgetaucht war? Wahrscheinlich hatte Johanna mit ihren Befürchtungen doch Recht gehabt.

Sie wählte ihre eigene Nummer, ließ es zehnmal klingeln, doch niemand hob ab.

Er ist wieder abgereist, dachte sie. Das Kind hat ihn abgeschreckt oder die Tatsache, dass seine Halbschwester Johanna sich als meine Freundin entpuppt hat. Aber was hat er mit Paganini gemacht? Würde sie bei der Rückkehr einen Zettel auf dem Küchentisch finden: *Musste leider früher abreisen. Der Hund ist im Tierheim!*?

Als Lea ins Krankenzimmer zurückkam, hatte man eine andere Patientin zu ihr ins Zimmer verlegt. Eine jüngere Frau mit hellrot gefärbten Haaren, die sofort drauflosredete und Lea mit ihrer Krankheitsgeschichte belegte. Sie heiße Rita und habe ein Magengeschwür, das von ihrem Ärger mit ihrem Freund stamme, von den Problemen mit ihren Kolleginnen im Büro und überhaupt von ihrem Gefühl, es allen recht machen zu müssen …

Lea legte sich hin und gab vor zu schlafen. Tatsächlich hatte sie das vage Gefühl zu träumen. Sie träumte von ihrem Sturz in eine gähnende Schwärze und von einem hellen Geigenton, der sich wie eine Wolke unter sie legte und sie auffing, als wäre er ein Sprungkissen.

Es war beinahe dunkel im Zimmer, als sie erwachte. Sie brauchte ein paar Momente, um sich zu orientieren, dann bemerkte sie den reglosen Schatten neben ihr. Martin stand am Bett und hielt die Geige wie ein professioneller Spieler, jedoch ohne einen Ton zu erzeugen.

»Tut mir leid«, sagte er leise. »Ich komme ein wenig spät, aber ich musste erst einen Geigenbauer ausfindig machen. Zwei Saiten waren gerissen, und der Hals musste gerichtet werden. Hat ein wenig gedauert, aber nun klingt sie fast wieder wie eine Stradivari.«

Er legte ihr die Geige auf das Bett. Sie duftete nach Öl, und so geglänzt hatte sie schon lange nicht mehr.

»Paganini durfte leider nicht mit herein. Der Pförtner unten im Hof kümmert sich um ihn.«

»Es ist unsere vierte Begegnung«, sagte Lea, während sie mit der linken, unversehrten Hand über das Instrument strich. »Hoffen wir, dass nicht wieder ein Unglück passiert.« Wie hatte sie daran zweifeln können, dass Martin nicht kommen würde! Er machte sich etwas aus ihr, da war sie sich ganz sicher.

Einen Moment schwiegen sie. Martin lächelte und schien nach Worten zu suchen.

Dann hörten sie draußen unter dem Fenster jemanden fluchen und kurz darauf ein lautes, bekanntes Hundegebell.

Epilog

Der 24. Dezember war ein heller, klarer Tag. Es war wieder kälter geworden. Dick vermummt gegen den eisigen Wind, liefen die Menschen die Promenade am Fluss entlang. Martin trug Leas Geigenkasten und hielt Paganini an der Leine. Lea hatte sich bei ihm eingehakt und humpelte neben ihm her. Einmal hatte Martin das Gefühl, ein Schwan fliege über ihn hinweg, doch als er aufblickte, war da nur der endlos blaue Himmel.

Es war Leas erster freier Tag. Am Abend zuvor hatte sie ihr letztes Konzert auf der Bühne des Weihnachtsmarktes gespielt. Sie hatte sich zwar nur mühsam bewegen können, aber den Kindern hatte es trotzdem gefallen, mit ihr zusammenzuarbeiten. Am Tag vor der ersten Aufführung ihres Musicals um die Geburt Jesu hatten sie Lea eine Krücke geschenkt, die sie golden angemalt hatten. Da hatte sie sich aufstützen können, wenn sie nicht spielen, sondern als lädierter rothaariger Engel im Hintergrund auf ihren Einsatz warten musste.

Martin hatte sich mit Paganini jedes Konzert angehört und gelegentlich mit seiner Leica ein paar Fotos gemacht. Von ihrem Platz neben der Bühne hatten sie Lea immer im Blick gehabt, falls sie ins Stolpern geriet oder Hilfe brauchte, aber ein Notfall war nie eingetreten. Sieben Abende hatte Lea auf dem lauten Weihnachtsmarkt trotz der Menschen, die sich vor den Verkaufsbuden und an den Imbissständen drängten, ein Publikum gefunden. Sogar Johanna hatte sich die Zeit genommen, zweimal kurz vorbeizuschauen, aber geredet hatten sie nicht viel miteinander. Nur einmal hatte sie Martin zugeraunt: »Na, noch immer nicht auf dem Weg nach München?«

Er hatte lediglich genickt, ohne den Blick von Lea zu wenden. Sie war immer besser geworden und spielte wie eine Solistin, die auch in der Philharmonie auftreten könnte.

An einem Abend, während Paganini schon vor sich hin schnarchte, hatte er Lea von Anne erzählt und ihr erklärt, warum er so neugierig gewesen war zu erfahren, woher sie ihre Geige hatte. Es sei ein Schock gewesen, Annes Initialen auf ihrem Geigenkasten zu sehen. Lea hatte Anne nie kennengelernt. Einmal hatten sie miteinander telefoniert, und Lea war überrascht gewesen, wie jung Anne geklungen hatte. Das war vor mehr als fünf Jahren gewesen.

Sie verließen die Uferpromenade, überquerten eine vierspurige Straße und bogen in ein Gewirr von Gassen ein.

Martin holte den Zettel mit dem Namen und der Adresse des weißhaarigen Geigers aus dem Zug hervor: *Jakob Michaelis, Severinstraße 33*, stand da in einer kantigen Altmännerschrift. Zum Glück hatte Martin das Papier wie eine Schatzkarte aufbewahrt. Es musste hier in der Gegend sein.

»Wir hätten uns anmelden müssen«, sagte Lea. »Vielleicht ist es ihm nicht recht, an solch einem Tag Besuch zu bekommen. Wahrscheinlich hat so ein alter Mann eine Menge Verwandtschaft. Kinder. Enkelkinder. Weihnachten ist für alte Leute ein wichtiges Fest.« So viel Unsicherheit hatte sie bisher in Martins Gegenwart noch nie gezeigt.

»Ich glaube nicht, dass sich jemand um ihn kümmert. Abgeholt hat ihn jedenfalls niemand.« Martin suchte die Straßenschilder ab. Hier in der Südstadt von Köln hatte er sich noch nie sonderlich gut ausgekannt.

Paganini gefiel es nicht, an der Leine zu laufen. Entweder zerrte er, oder er trödelte herum und schnüffelte jede Ecke aus. Sein Becken war einigermaßen verheilt, und obwohl er noch ein wenig hinkte, hatte er schon erste Versuche unternommen, über Zäune zu springen. Ein Vorbesitzer hatte sich nicht bei der Polizei gemeldet.

»Der Alte wird sich freuen, dass wir kommen.« Martin versuchte seine Unsicherheit zu überspielen. »Vor allem, wenn ich ihm erzähle, was alles passiert ist, seit wir uns getroffen haben. Es war seine Schuld, dass ich überhaupt in Köln geblieben bin.«

Er dachte an den weißen Stein, an den Schwan in der Morgendämmerung und an den Geigenton, der über dem Weihnachtsmarkt geschwebt hatte.

An der nächsten Ecke musste Lea sich ausruhen. Ihr rotes Haar leuchtete im Winterlicht. Sie sah ein wenig erschöpft aus. Ihr Knöchel war immer noch nicht ganz in Ordnung. Zurück würden sie sich ein Taxi leisten und dann den Heiligen Abend allein in ihrer Wohnung bei einem guten Essen verbringen. Außerdem wollte Lea sich endlich einen Namen für das Kind ausdenken. Später hatten sie vor, zu einem nächtlichen Konzert in den Dom zu gehen.

»Ihr werdet zusammen Geige spielen«, sagte Martin, als müsse er Lea Mut machen, und küsste sie auf die Wange. »Ich bin sicher, dass es wunderbar klingen wird. Es kann gar kein Zufall sein, dass die wichtigsten Menschen, denen ich zuletzt begegnet bin, beide Musiker sind.«

Lea lachte. »Vielleicht können wir ja mal zusammen auftreten. Das Duo des Schreckens, zwei absolute Virtuosen: der Greis und die Friedhofsgeigerin. Klingt doch erfolgversprechend, oder nicht?«

Dann, als Paganini ihn schon wieder in eine Einfahrt zerren wollte, entdeckte Martin das Straßenschild. Severinstraße. Eine lange, schmale Einkaufsstraße mit vielen kleinen Geschäften. Nur die Nummer 33 war ein großes, unförmiges Gebäude. Aus der Entfernung wirkte es wie eine Behörde.

»Dort soll der Geiger wohnen?« Lea war genauso irritiert wie er.

Martin blickte noch einmal auf den Zettel. *Nummer 33*. Kein Zweifel, sie hatten das Haus gefunden.

»Du musst dich irren«, sagte Lea. »Da wohnt niemand. Sieht für mich wie eine Schule aus. Nicht besonders einladend!«

Langsam schritten sie auf den Eingang zu. Eine breite Betontreppe führte zu einer zweiflügeligen Glastür hinauf, hinter der kalte Neonlampen brannten.

Bevor sie die Tür erreicht hatten, bemerkte Martin die Messingtafel an der Hauswand: *Seniorenheim St. Kunibert.*

»Deshalb habe ich seine Telefonnummer nicht gefunden.« Er schaute Lea an und deutete auf die Tafel. »Der Geiger wohnt in einem Altenheim.«

Ja, so ergab alles einen Sinn. Jakob Michaelis war alleinstehend und hatte sich in ein Pflegeheim zurückgezogen, wo man sich um ihn kümmerte. Deshalb hatte ihn auch niemand abgeholt.

Sie stiegen langsam die Stufen hinauf. Die Tür öffnete sich automatisch. Paganini erschrak und wich einen Schritt zurück.

In der Pförtnerloge linker Hand saß niemand. Deshalb traten sie ein.

Unsicher blickten sie sich um. Sie gelangten in eine überheizte Halle. Ein Sofa stand da, auf dem ein alter Mann hockte, der rauchend vor sich hin starrte wie jemand, der einen unendlichen Horizont vor sich hatte.

Martin begrüßte ihn mit einem Kopfnicken, doch der Alte beachtete ihn gar nicht.

»Keine Ahnung, wann ich zuletzt in so einem Haus war«, sagte Lea. Neugierig blickte sie sich um, doch gleichzeitig hatte Martin das Gefühl, dass sie sich ein wenig stärker an ihn drückte.

Rechts von ihnen stand ein hoher Weihnachtsbaum

mit elektrischen Kerzen. Große, bunt eingepackte Geschenke lagen auf einer dunkelblauen Decke darunter, gerade so, als werde es hier bald eine Bescherung geben.

Durfte man überhaupt mit einem Hund in so ein Haus? Paganini reckte die Schnauze ein wenig, wie immer, wenn er interessante Gerüchte aufzufangen schien.

»Jemand, der Weihnachten in einem Altenheim verbringen muss, wird sich ganz besonders freuen, wenn er Besuch bekommt.« Martin versuchte zu lächeln.

Nach ein paar Schritten konnten sie auf der linken Seite in einen großen Raum mit Stühlen und Tischen sehen, der Speisesaal vermutlich. Das Licht war angeschaltet, und an einem anderen Weihnachtsbaum in der Mitte brannten die elektrischen Kerzen, aber niemand hielt sich hier auf. Es war elf Uhr am Vormittag. Gewiss noch zu früh für das Mittagessen.

Eine weitere automatische Glastür öffnete sich vor ihnen, und dann gerieten sie auf einen Gang, von dem zahlreiche Türen abwiesen. Ein Karren mit weißer Wäsche stand mitten auf dem Flur, eine Frau mit einem Gehwagen kam ihnen entgegen. Sie grüßte knapp, machte aber einen abwesenden Eindruck.

»Bestimmt wohnt er hier irgendwo.« Martin deutete auf die Schilder neben den Türen. Auf jedem standen zwei Namen.

Sie passierten ein paar Türen und suchten gemeinsam die Schilder ab. *Jakob Michaelis* war nirgends zu lesen.

Martin spürte, wie sich seine Stimmung verdüsterte. Vielleicht hatte der Alte ihn angelogen und wünschte sich gar keinen Besuch und hatte deshalb irgendeine Adresse und einen falschen Namen aufgeschrieben. Aber nein, wie ein Lügner hatte der Alte nicht ausgesehen.

Oder er war gestorben! Damit musste man rechnen, besonders in einem dunklen Dezember, dass ein alter Mann, der Anfang des Monats noch allein eine Reise unternommen hatte, drei Wochen später bereits unter der Erde war.

»Am besten kehren wir wieder um«, sagte Lea, die sich unbehaglich zu fühlen begann. »War wohl doch nicht so eine gute Idee, ohne Anmeldung hier hereinzuschneien. Wir können uns morgen erst einmal telefonisch nach ihm erkundigen.«

Manche Zimmertüren standen offen, und auf einer Bank vor ihnen saß ein älteres Paar, das sich an den Händen hielt. Der Mann hatte ganz weiße Augen, als sei er blind.

Martin beugte sich zu den beiden hinunter. »Pardon, wir suchen jemanden. Jakob Michaelis – er soll hier wohnen.«

Die Frau blickte auf und lächelte. Ihre Gebiss wirkte ein wenig zu groß für ihren schmalen Mund. »Bedauere, junger Mann. Wir wohnen erst ein paar Tage hier und kennen noch nicht jeden.« Sie nickte freundlich zu ihren eigenen Worten.

Paganini begann wieder zu zerren. Offenkundig hatte er einen besonderen Duft erschnuppert. Die nächste offene Tür führte in eine Art Teeküche. Eine Frau in einem weißen Kittel stand da an eine Theke gelehnt und rauchte hektisch. Als sie Martin erspähte, hob sie nur stumm die Augenbrauen. Dann konzentrierte sich ihr Blick auf Paganini, aber anscheinend störte seine Anwesenheit sie nicht, denn sie schnalzte auffordernd mit der Zunge, um den Hund zu einer Reaktion zu animieren.

»Wir suchen einen Ihrer Schützlinge – Herrn Jakob Michaelis«, sagte Martin. Er hielt das Papier mit der Adresse hoch, als sei es eine Art amtliches Dokument. »Können Sie uns helfen, ihn zu finden?«

Die Frau griff zu der Kaffeetasse vor sich und gönnte sich einen langen Schluck. »Da müssen Sie sich irren«, sagte sie, nachdem sie die Tasse abgesetzt hatte. »Einen Herrn Michaelis haben wir hier nicht. Nicht hier und auch nicht auf der Station oben. Im ganzen Haus nicht.«

»Das wissen Sie ganz bestimmt?« Lea begann ungeduldig zu werden. »Vielleicht wohnt er noch nicht lange hier.«

»Hören Sie, Mädchen«, erwiderte die Frau und inhalierte einen letzten Zug, bevor sie die Zigarette ausdrückte. »Sie müssen mir schon glauben, was ich sage. Einen Herrn Michaelis gibt es hier nicht…« Plötzlich verstummte die Pflegerin und runzelte nachdenklich die Stirn.

Lea schaute Martin an. Na also, sagte ihr Blick, nun klärt sich doch noch alles auf.

»Ich bin seit zwölf Jahren hier. Wir hatten mal einen Jakob Michaelis, so einen großen, stattlichen Mann mit langen weißen Haaren. Er spielte Geige, gar nicht mal schlecht, wenn ich mich richtig erinnere.«

»Genau, diesen Michaelis suchen wir«, erwiderte Martin. »Können Sie uns sagen, wo wir ihn finden?«

»Der ist schon über fünf Jahre nicht mehr hier.« Die Frau steckte ihre Zigarettenpackung ein und blickte auf die Uhr. Auf dem Gang läutete eine Klingel.

»Und wo ist er jetzt, wenn ich fragen darf?« Martin spürte, wie seine Zuversicht schwand.

Die Frau lachte. »Na, wo soll er schon sein? Die Leute, die hier wohnen, machen keine Weltreise mehr. Der Geiger ist tot, schon seit fünf Jahren. Ist einfach in der Nacht eingeschlafen, mit seiner alten Geige neben sich im Bett, ganz friedlich.«

»Das kann nicht sein!«, sagte Martin entrüstet. Er ließ Lea abrupt los und streckte seine Hand mit dem Zettel vor. »Ich habe ihn erst vor zwei Wochen im Zug getroffen. Da hat er noch mit mir geredet und mir seine Adresse aufgeschrieben.«

Skeptisch blickte die Frau auf den Zettel. Dann lachte sie. »Also, das muss ein komischer Kauz gewesen sein, der Ihnen diesen Zettel gegeben hat. Ich kann darauf gar nichts erkennen, ein bisschen Gekrakel, hell und dunkel, nichts weiter. Ein Beweis ist das jedenfalls nicht.«

Martin starrte den Zettel an. Stand da nicht die Adresse, die der Alte genannt hatte? Er wusste es plötzlich nicht mehr. Es war, als zerliefen die schwarzen Striche auf dem weißen Papier plötzlich vor seinen Augen, als würden sie alles und nichts bedeuten.

»Es ist vielleicht auch nicht mehr wichtig«, sagte Lea leise zu ihm, während sie sich abwandten und die Frau eilig an ihnen vorbeilief, weil noch eine Klingel angesprungen war. »Wenn er wirklich gestorben ist, finden wir sein Grab, und dann schenken wir ihm einen leuchtenden weißen Stein und spielen ihm etwas vor.«

Für alle, die sich wieder darauf besinnen wollen, worauf es wirklich ankommt.

Donna VanLiere
DIE WEIHNACHTSSCHUHE
Eine kleine Geschichte
mit einer großen Botschaft
160 Seiten
Gebunden als Halbleinenband
ISBN 978-3-431-03327-4

Ein unglücklicher kleiner Junge, der die schönsten Schuhe der Welt für seine todkranke Mutter sucht, ein verdrossener Anwalt, der alles im Leben hat und eigentlich nichts – ungleiche Helden, die am Heiligen Abend unter ungewöhnlichen Umständen aufeinander treffen – eine Begegnung, die beider Leben für immer verändern wird. »Die Weihnachtsschuhe«, eine Erzählung, die auf dem gleichnamigen Weihnachtssong basiert, der monatelang auf Platz eins in den amerikanischen Charts stand und eine riesige Nation zu Tränen rührte, ist ein bezauberndes kleines Buch, dessen große Botschaft sofort in das Herz des Lesers geht – nicht nur zur Weihnachtszeit.

Ehrenwirth

Ein Geschenk des Himmels, an das auch Amor und Aphrodite ihr Herz verloren hätten!

Natasha Bondy
BONDYS LIEBESPERLEN –
EIN HIMMLISCHES
SAMMELSURIUM
Sachbuch
192 Seiten
Gebunden mit Schutzumschlag
ISBN 978-3-431-03680-0

»Liebesperlen« ist ein unvergessliches Sammelsurium großer Gefühle, eine unwiderstehliche Mischung aus den schönsten Liebesgedichten, Liebesliedern, Gemälden, Rezepten, Briefen, Listen und Romanauszügen. Eine charmante Sammlung von Fakten, Hitlisten und großen Werken der Kunst und Alltagskultur. Shakespeares Sonette flirten mit dem Kamasutra, Sie lernen, wie man »Ich liebe dich« auf Suaheli sagt und den perfekten Champagnercocktail zaubert.

Überraschend, betörend, witzig: Die schönsten Seiten der Liebe!

Ehrenwirth

»Alle reden vom Wetter, aber keiner unternimmt was dagegen!« KARL VALENTIN

Karsten Schwanke mit
Heike Rosbach
HEITER BIS WOLKIG
Blitzgescheites und Kurioses
über das Wetter
160 Seiten
Gebunden mit Schutzumschlag
ISBN 978-3-431-03715-9

Mit diesem wunderschön gestalteten Geschenkbuch können Sie jedes Stimmungstief in ein Hoch verwandeln.
Es enthält Blitzgescheites und Kurioses, Fakten, Anekdoten, Sprüche, Gedichte und ganz persönliche Erlebnisse des Meteorologen Karsten Schwanke rund um Sonne, Regen, Wind und Wolken.

Ehrenwirth

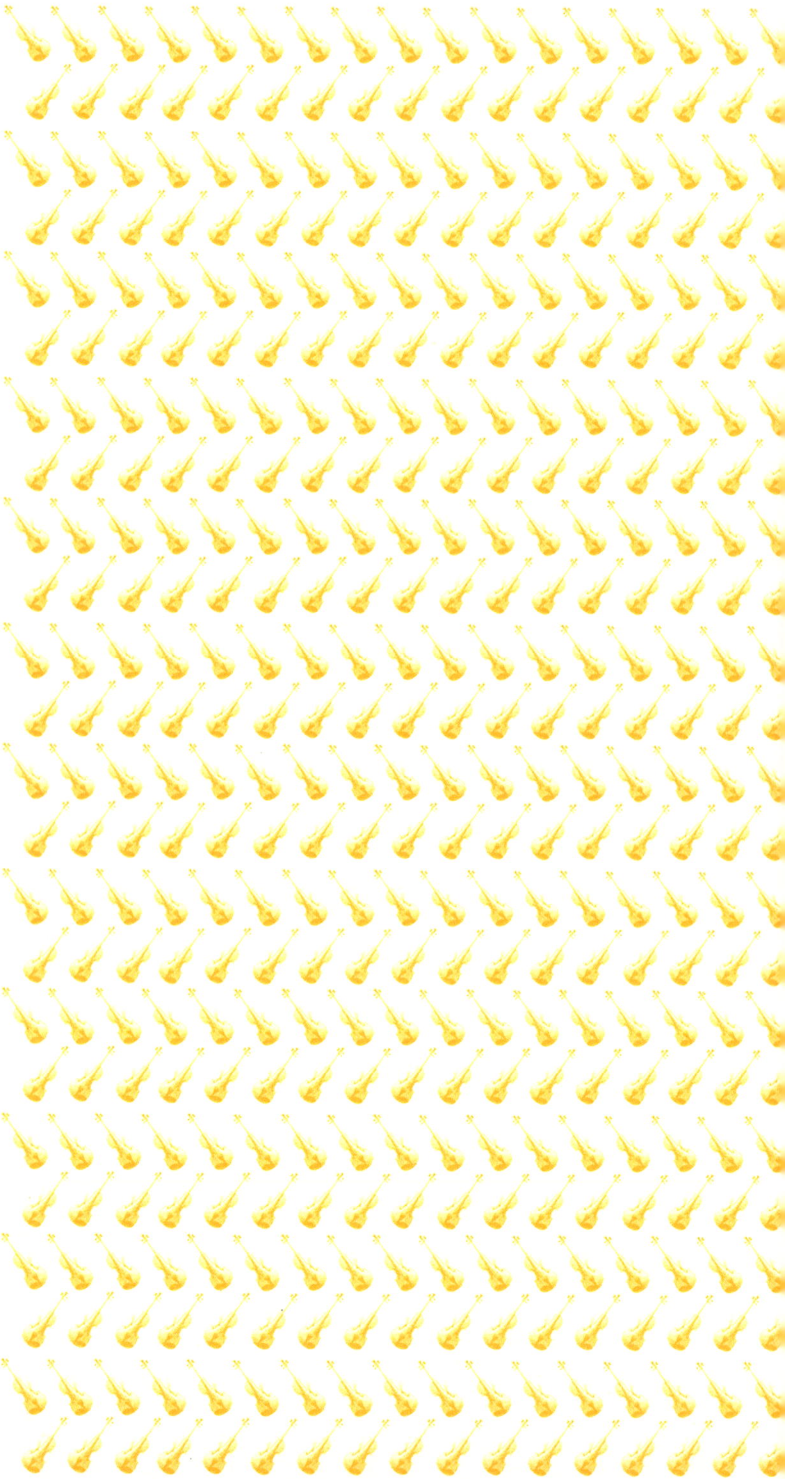